ELSE WILDHAGEN

TROTZKOPFS EHE

UEBERREUTER

CIP-Kurztitelaufnahme der Deutschen Bibliothek

Wildhagen, Else:
Trotzkopfs Ehe / Else Wildhagen. –
Wien; Heidelberg: Ueberreuter, 1982.
ISBN 3-8000-2611-2

J 1328/8
Lizenzausgabe mit freundlicher Genehmigung des
Münster-Verlages, Basel

Umschlag von Brigitte Schwaiger unter Verwendung eines Fotos
der Infafilm GmbH, Manfred Korytowski, München

Gesamtherstellung: Carl Ueberreuter Ges. m. b. H., Korneuburg
Printed in Austria

»Onkel Heinz, Onkel Heinz!« schallte es von hellen Kinderstimmen durcheinander, und ein Junge im Alter von zehn Jahren nebst zwei kleinen Mädchen von acht und sieben Jahren liefen einem Herrn entgegen, der die Tür zum Kinderzimmer im Hause Gontrau geöffnet hatte und hineinschaute. Gleich wurde er von den drei Kindern mit hellem Jubel umringt; das eine zerrte ihn hierhin, das andre dorthin. Lachend versuchte der Onkel die Ungestümen abzuwehren, aber da klammerten sie sich noch fester an ihn, und er kam nicht los.

»Wollt ihr mich wohl loslassen, ihr Racker!« rief er endlich; »wartet, ihr Kröten, ich werde euch kommen!« Er griff nach seinem Stock. Da flogen sie kreischend auseinander; der Junge aber und das älteste der beiden Mädchen, ein dunkellockiges Kind mit blitzenden braunen Augen, warfen sich zu Boden, und nun begann ein Raufen und Balgen, daß sie wie ein Knäuel umherkollerten.

»Aber, Ruth, schäme dich, gleich stehst du auf!« gebot Ilse, die in diesem Augenblick mit Nellie ebenfalls hereingekommen war, und reichte dann Onkel Heinz die Hand. Er hatte inzwischen die kleine blonde Marianne emporgehoben, die ihre Ärmchen fest um seinen Hals schlang. Ruth aber, Gontraus wilde Älteste, und ihr Freund Fritz, Rosis Junge, hatten sich hinter seinen Rücken geschlichen, ihn zupfend und neckend, und wenn er sich umdrehte und sie fortjagen wollte, liefen sie mit Geschrei zurück. Das war ein Spaß!

»Kinder, so seid doch endlich vernünftig!« legte sich Nellie jetzt ins Mittel, denn Onkel Heinz, der sich mit den beiden Frauen unterhalten wollte, hatte keinen Augenblick Ruhe.
»Ja, nun hört endlich auf!« gebot auch Ilse ernstlich, und ihr gehorchten die Übermütigen. Dann wandte sie sich wieder an Onkel Heinz mit den Worten: »Warum waren Sie in den letzten Tagen nicht bei uns, Herr Professor?«
»Ja, ja, das Arbeiten, das leidige Arbeiten, man kommt ja zu nichts!« gab er zur Antwort.
»Onkel Heinz, Onkel Heinz, sieh mal!« rief es nun schon wieder. Ruth stand da in seinem Hut und Überzieher, die er beide auf einen Stuhl neben sich gelegt hatte. Das war etwas zum Totlachen für die Kinder, und bei dem komischen Anblick der kleinen Person in dem Hut bis über die Ohren und dem langen Rock konnten auch die Großen nicht ernst bleiben.
Natürlich ging's nun wieder an ein An- und Aufprobieren der Reihe nach, bis Ilse der Sache ein Ende machte. »Nun ist's genug«, sagte sie; »kommen Sie, lieber Professor, wir gehen in mein Zimmer!«
»Nein, Onkel Heinz, bleib bei uns, bleib bei uns!« rief es von allen Seiten, und wie die Kletten hängten sich die Kleinen an ihn, zupften an seinem Barte, umklammerten seine Arme und hielten ihn daran fest, daß er nicht von der Stelle konnte. Ruth war die Tollste, sie ruhte nicht eher, bis er am Boden lag. Im Nu warfen sich die Kinder über ihn her, ihn zwickend und kneifend. Das war ein Schreien, sie hatten alle hochrote Backen, und der arme Onkel konnte vor Lachen nicht dazu kommen, sie abzuwehren, bis er schließlich doch Gewalt gebrauchen mußte und ein Machtwort von

Frau Ilse ihn von der wilden Horde befreite. Selbst Marianne, die zarte, sanfte Kleine, wurde von der Ausgelassenheit mit angesteckt, ihr und den übrigen hingen die Haare wirr um den Kopf, und aus den lebensprühenden Kindergesichtern leuchtete die helle Freude über den Lärm.

»Ihr seid eine Gesellschaft«, sagte Ilse kopfschüttelnd, aber solche Szenen waren ihr nichts Ungewohntes, wenn Onkel Heinz auf der Bildfläche erschien.

»Oh, wie haben die Kinder Sie zerzaust!« meinte Nellie, als sie den Professor ansah.

»Ja, ja, Prügel müssen sie haben«, rief er ihnen mit scheinbar bösem Gesicht zu; doch sie merkten, wie es gemeint war, sie sahen ja seine lustig zwinkernden Augen und wußten genau, so schaute Onkel Heinz nicht aus, wenn er ernstlich böse war. Nun zog er sich seine Manschetten zurecht, die ihm bis auf die Hände gerutscht waren, rückte an seiner Brille und fuhr mit der Hand über sein kurzgeschorenes Haar, als wollte er fühlen, ob diese Stoppeln bei dem Kampfe nicht auch in Unordnung geraten wären, aber sie standen nach wie vor gerade in die Höhe, tadellos in Reih und Glied.

»Mutter, dürfen wir nicht mit euch gehen? Bitte, bitte!« schmeichelte Ruth, und die andern bettelten ebenfalls. »Wir haben Onkel Heinz so lange nicht gesehen«, quälte sie, als die Mutter keine Miene machte, ihre Bitte zu erfüllen.

»Da lassen Sie doch die Kröten mitkommen!« legte der Professor sich nun auch ins Mittel, denn er konnte nicht gut sehen, daß seinem Patenkinde und Liebling Ruth etwas abgeschlagen wurde.

»Kinder, da müßt ihr aber ruhig und artig sein«, gebot

Nellie, ihnen damit schon ihre Erlaubnis erteilend, doch Ilse bestimmte, daß sie in der Kinderstube bleiben sollten.

Ohne weiteres fügten sich Marianne und Fritz, Ruth jedoch zog ein arges Gesicht und gab sich erst dann zufrieden, als Onkel Heinz ihr verstohlen zuflüsterte, daß sie morgen zu ihm kommen und sich etwas Schönes holen dürfe.

Einige Minuten später saßen Ilse und Nellie mit dem Professor in dem großen Wohnzimmer in einer behaglichen Ecke im lebhaften Gespräch. Seit ihrem Hochzeitstag hatte Ilse sich wenig verändert. Als sie jetzt leicht und schnell durch das Zimmer schritt, waren es noch ganz ihre alten Bewegungen; nur ihre Gestalt war etwas voller geworden, und die wilden Lokken von einst wurden in einem Knoten gebändigt, doch ganz waren sie nicht verschwunden, wo es ging, kamen sie hervor, kräuselten sich im Nacken, auf der Stirn und fielen über ihre reizenden kleinen Ohren, zum Ärger Leos, der sie gewohnheitsmäßig zurückstrich, denn er liebte es, ihr Ohr zu sehen. Auch ihre frischen Farben hatte Frau Ilse noch ebenso wie früher, aber die energisch geschwungene Linie der Oberlippe schien etwas weicher geworden zu sein, ja, es kam vor, daß ihr Ausdruck ein geradezu sanfter war; doch das durfte man ihr nicht sagen, denn »sanft« und »dumm« stellte sie in eine Reihe. »Eine sanfte Frau bin ich nun einmal nicht und werde es auch nie«, meinte sie, wenn die Rede darauf kam, und da hatte sie auch recht. Nur bei einem einzigen Wesen ließ sie »sanft« ohne den wenig schmeichelhaften Zusatz gelten, und das war bei ihrer Herzensfreundin Nellie.

Diese hatte in allen Lebenslagen nur durch Sanftmut

geherrscht und gesiegt. An ihr waren die Jahre nicht so spurlos vorübergegangen wie an Ilse. Der alte Schelm in den Grübchen kam nicht mehr so oft zum Vorschein wie früher, dagegen hatten sich um die Mundwinkel einige scharfe Linien eingeprägt, die ihr einen leicht leidenden Zug gaben.
Seit einigen Jahren lebten die Freundinnen wieder an einem Orte zusammen, und vor nicht langer Zeit war auch Rosi hinzugekommen, die jetzt eine würdige Frau Superintendentin geworden war.
Althoff war zum Direktor am städtischen Gymnasium aufgerückt und konnte sich sein Leben in jeder Beziehung angenehm gestalten. Leider machten ihm seine Nerven manchmal zu schaffen; er war leicht gereizt, und da er bei seiner Frau niemals auf Widerstand stieß, sondern immer die lebhafteste Teilnahme für die geringfügigste Klage fand, nahm er sich auch nicht im mindesten zusammen.
»Du verwöhnst deinen Mann zu sehr«, bemerkte Ilse oft, aber Nellie sah das nicht ein. Warum sollte sie denn nicht alles für ihn tun? Kinder, für die sie hätte sorgen können, besaß sie zu ihrem größten Kummer nicht; sie mußte daher jemand haben, dessen Pflege sie sich ganz und gar hingab, das lag nun einmal in ihrer Natur. Zu Ilse kam sie fast täglich, spielte mit den Kindern oder holte sie zu sich, denn sie hingen mit der größten Liebe an ihr.
In der Dämmerstunde erschien auch häufig der Professor bei Gontraus, und meistens forderte Ilse beide auf, zum Tee dazubleiben. Althoff wurde dann geholt, das heißt, Nellie holte ihn selbst, denn sie mußte ja erst sehen, ob er in Stimmung war, auszugehen oder nicht.

Auch heute nötigte Ilse zum Bleiben. »Es ist ein so köstlicher Abend, ihr bleibt hier«, entschied sie und öffnete weit die Fenster, damit die milde Frühlingsluft hereinströmen konnte.

Auf der äußersten Spitze des Birnbaumes wiegte sich ein Starmätzchen und sang aus voller Kehle in klaren und flötenden Tönen, ähnlich denen der Nachtigall, nur weniger melancholisch. Die Dämmerung senkte sich jetzt wie ein leichter Schleier auf die frühlingslichte Natur, und am Horizont erschien mattglänzend die silberne Mondsichel.

Der Professor hatte wie immer viele Ausflüchte, er habe keine Zeit, und zu Hause warte ein Haufen Arbeit auf ihn.

Ilse ließ jedoch nicht locker, sie kannte ihn und wußte, daß er sich gerne bitten ließ. »Ach, Sie haben auch immer zu tun!« rief sie ungeduldig, denn sie wußte, daß er schließlich doch bleiben würde.

»Ja, Frau Gontrau, ich habe immer zu tun«, wiederholte er mit einigem Nachdruck, »und das ist auch recht gut.«

»Heute kann man doch nicht hinter den staubigen Büchern sitzen! Sehen Sie nur hier diesen Frühlingsabend, wie das duftet, wie die Vögel zwitschern! Das ist ja alles viel schöner als Ihr alter Bücherkram.«

»Bücherkram? Wieso alter Bücherkram?« fragte er, die Worte »alter« und »Kram« besonders betonend, während er anfing, die Spitze seines dunklen Kinnbarts zu drehen. Das war das sicherste Zeichen seines Unwillens, Ilse kannte es genau. »Mit Bücherkram gebe ich mich nicht ab«, fuhr der Professor fort.

»Ach, Onkel Heinz, nun seien Sie nicht empfindlich! So habe ich das nicht gemeint. Aber Sie dürfen nicht

immer arbeiten, müssen doch auch einmal ausruhen.«
»Ich weiß am besten, was ich tun muß«, erwiderte er nicht gerade freundlich, doch Ilse ließ sich dadurch nicht einschüchtern, sie kannte seine Art.
In den sechs Jahren, solange sie in L. wohnten, wo sich Gontrau als Dozent an der Universität niedergelassen hatte, nachdem er einige Jahre in B. als Assessor tätig gewesen war, kam Professor Fuchs oder Onkel Heinz, wie ihn die Kinder nannten, als häufigster Gast zu ihnen ins Haus. Er hatte sie bei ihrem Einzug am Bahnhof in Empfang genommen, er hatte mitgeholfen, die Wohnung einzurichten, und jeden Nagel, den Leo mühsam in die Wand geschlagen hatte, zog er wieder heraus, weil Leo es nämlich nach seiner Meinung durchaus nicht verstand. Er behauptete, zuerst müßte mit dem Steinmeißel ein Loch geschlagen werden, da hinein käme ein Holzpflöckchen und dann erst der Nagel. Wenn das nun auch mit einer großen Umständlichkeit geschehen war, so hatte er doch die Genugtuung, daß seine eingeschlagenen Nägel sich noch nicht von der Stelle gerührt hatten. Trotz aller Gelehrsamkeit war er eine praktischere Natur als Leo und ging Ilse mit Rat und Tat zur Hand, so daß sie schließlich bei vielen Dingen nicht ohne ihn fertig werden konnte. Sie kamen aber fast niemals zusammen, ohne einen kleinen Streit miteinander zu haben. Er hatte eine rechthaberische und spöttische Art, und wenn Ilse nicht gut auf ihn zu sprechen war, nannte sie ihn einen »wunderlichen alten Junggesellen«, obgleich er nur wenige Jahre älter als Leo war. Die beiden kannten sich noch von der Universität her, hatten in einem Hause zusammen gewohnt und sich trotz

der Verschiedenheit der Charaktere doch immer gut verstanden. Das, was ihm in Ilses Herzen einen dauernden Platz verschaffte, war seine rührende Liebe zu den Kindern. »Sie sind meine beste Erholung«, pflegte er zu sagen. Er ging mit ihnen spazieren, sie besuchten ihn, er zeigte ihnen Bilder, Marken, Schmetterlinge, er tollte mit ihnen und war ihr bester Freund. Ruth, sein Liebling, durfte sich alles herausnehmen, dafür besaß er aber auch die ganze Zuneigung ihres Kinderherzens.

Nellie hatte sich inzwischen erhoben, um nach Hause zu gehen und Fred selbst zu holen.

»Ich kann ja das Mädchen schicken«, meinte Ilse, aber Nellie ließ das nicht zu.

»Ich weiß nicht recht, ob Fred nicht noch zu tun hat heute abend, ich will deshalb lieber selbst gehen«, antwortete sie ausweichend. Doch in Wirklichkeit arbeitete Althoff selten abends und war immer gern bereit, zu Gontraus zu kommen.

Als sich Nellie verabschiedete, schickte sich auch der Professor zum Gehen an. »Sie bleiben auf jeden Fall!« sagte Ilse, ihn zurückhaltend, und wies jeden Einwand, den er machen wollte, zurück. »Wissen Sie was«, rief sie plötzlich, »ich habe heute morgen Waldmeister gekauft; wir brauen uns eine kleine Bowle, die erste Maibowle in diesem Jahre, Onkel Heinz. Können Sie da widerstehen?«

Er lachte. Die gemütlichen Bowlen bei Gontraus kannte er zur Genüge. Die Geister, die ihnen entstiegen, waren nicht trübselig, es waren die des Frohsinns und der Heiterkeit, und Onkel Heinz konnte heiter, ja auch ausgelassen sein, jedoch nur im vertrautesten Kreise. Fremde Menschen nannten ihn unzugänglich,

ja unliebenswürdig, und ließen ihn bald als »komischen Kauz« ganz links liegen. Deshalb mied er auch die Menschen, und es kostete stets Kämpfe, ihn heranzuziehen, wenn eine größere Gesellschaft versammelt war.
Ilse hatte nicht umsonst die Maibowle als Lockmittel gebraucht, denn ohne langes Zaudern willigte der Professor nun ein, zu bleiben.
»Ja, dann bleibt mir wohl nichts andres übrig als dazubleiben«, sagte er vergnügt; »aber die Bowle will ich selbst machen, Gontrau kann das nicht, er macht sie regelmäßig zu süß.«
»Natürlich, natürlich!« sagte Ilse. »Doch dann müssen Sie mit in die Küche kommen, Onkel Heinz.«
Er folgte ihr und traf nun in umständlichster Weise seine Vorbereitungen.
Die Kinder hatten nur auf den Augenblick gewartet, daß Onkel Heinz draußen erschien. Jetzt waren sie wieder alle um ihn versammelt. Ruth hatte ihm eine große weiße Küchenschürze umgebunden, Marianne kletterte auf einen Stuhl und beugte das Köpfchen tief über das Gefäß, aus dem schon der aromatische Duft der Maikräuter emporstieg, und Fritz fehlte natürlich auch nicht dabei. Endlich, nach vielem Probieren von Onkel Heinz, war die Bowle fertig, und mit Kennermiene führte er noch einmal ein Glas an den Mund. Sie war gut geraten.
»Na, nun wollt ihr Kröten wohl auch versuchen?« fragte er.
»Ja, ja, bitte, Onkel Heinz!« riefen sie durcheinander, und zugleich wollten alle nach dem frisch gefüllten Glase greifen, das er hoch in der Luft hielt, damit sie es ihm nicht entreißen konnten.

»Halt, so wartet doch! Einer nach dem andern, sonst kriegt ihr gar nichts.« Damit drängte er die verlangenden Kinderhände zurück, und der Reihe nach bekam jedes zu kosten. »Das schmeckt wohl, ja, das glaube ich«, sagte er schmunzelnd.

»Aber, bester Professor, wie können Sie nur den Kindern Bowle zu trinken geben!« rief Ilse, als sie jetzt hinzukam und den kräftigen Schluck, den Fritz soeben aus dem vollen Glase tat, bemerkte.

»Das schadet ihnen nichts«, entgegnete Onkel Heinz.

»Ach natürlich, Kinder dürfen keinen Alkohol bekommen, der ist ihnen schädlich!«

»Schädlich? Dummes Zeug! Was soll ihnen dabei schädlich sein, wer sagt das?«

»Nun, unser Arzt behauptet es«, gab Ilse zur Antwort.

»Na ja, die Ärzte!« fiel Onkel Heinz mit höhnischem Lachen ein; »wenn die so etwas behaupten, können Sie dreist das Gegenteil tun, denn meistens ist es nur Unsinn.«

Ilse ärgerte sich über seine absprechende Weise, aber sie schwieg dazu, ihre Laune war an diesem schönen Abend zu gut, und die wollte sie sich nicht verderben lassen; denn wenn sie mit dem Professor einmal über diesen Punkt in Streit geriet, wie schon so oft, blieb doch auf beiden Seiten eine kleine Mißstimmung zurück.

Und deshalb sagte sie nichts, schickte Fritz nach Hause und die Kinder zu Bett. Dem Quälen und Betteln von Ruth, ob sie nicht noch ein wenig aufbleiben dürfe, setzte sie ein unerschütterliches Nein entgegen.

Einige Zeit später saßen die Freunde vergnügt bei der

Bowle zusammen, und Onkel Heinz heimste von allen Seiten das Lob über ihr gutes Gelingen ein. Im Zimmer wurde es schon ganz dämmrig, aber draußen war noch der helle, schöne Frühlingsabend. Jeder empfand in seiner Weise den Zauber, der eine oder andere saß manchmal stumm und blickte durch das offene Fenster hinaus. In dem Birnbaum flötete jetzt eine Nachtigall ihr Lied, und der Mond stand glänzend am Himmel.

»Schatz, ist es nicht herrlich heute abend?« fragte Leo und sah seine Ilse glücklich an. Die Freude über das gemütliche Zusammensein blickte ihm aus den Augen.

»Althoff, Sie trinken ja gar nicht, trinken Sie doch einmal aus!« mahnte er den Direktor, aber Nellie, die mit Argusaugen darüber wachte, daß Fred ja nicht zuviel trank, flüsterte ihm leise zu, daß er daran denken solle, wie leicht er nach solchen Getränken Kopfschmerzen bekäme.

Ilse hatte die leise Warnung gehört. »Nellie, Nellie, immer mußt du mit deinem Mann tuscheln! Das ist gar nicht erlaubt«, rief sie mahnend und schenkte dem Direktor nochmals eigenhändig ein.

»Oh!« sagte seine Frau mit einem ängstlichen Blick auf das frischgefüllte Glas, aber da nahm sie schon wieder eine andre Sorge um Fred in Anspruch. Er saß so nahe am Fenster, ein leichtes Zusammenziehen seiner Schultern hielt sie für Frösteln, und besorgt fragte sie, ob er nicht lieber den Platz mit ihr wechseln wolle, es komme gerade, wo er sitze, ein kühler Luftzug herein.

Leo sprang dienstbereit auf, das Fenster zu schließen; Althoff und der Professor waren aber entschieden dagegen, letzterer mit einer spöttischen Bemerkung, gegen die niemand etwas sagte. Man kannte ihn ja.

»Nein, nein, kein Licht, Marie«, rief Ilse, als das Mädchen jetzt die Lampe hereinbrachte und sich der bläuliche Mondesschimmer mit dem gelblichen Scheine unschön vermischte.

Jetzt so in der duftigen Helle da draußen hinzuwandern, in die frühlingsfrische Nacht hinein, den Berg hinauf, durch den lichten Wald, immer weiter, weiter, dem matten Glanze folgend, einsam, still, unbelauscht zu sein, ganz in der göttlichen Natur, oh, das wäre eine Wonne! So dachte Ilse in diesem Augenblick, und der Zauber dieses Gedankens verfolgte sie fortwährend. Sie hörte nur mit halbem Ohr hin, als Althoff von der neuesten Unerhörtheit eines Primaners erzählte, über dessen Haupt die Entlassung aus der Schule schwebte, und Onkel Heinz seine Ansicht über Pädagogik kundgab, die von der des Direktors sehr abweichend war. Sie empfand eine Sehnsucht hinaus, einen Drang, etwas Besonderes zu unternehmen, wie man ihn fühlt, wenn die Begeisterung dem Menschen Flügel zu verleihen scheint, sich über das Alltägliche zu erheben.

In solcher Stimmung war Frau Ilse, und während Leo und Nellie glaubten, daß sie gleich ihnen den immer lebhafter gewordenen Streit zwischen dem Direktor und dem Professor verfolge, entspann sich in ihrem Gehirn ein abenteuerlicher Plan. »Kinder«, rief sie plötzlich laut und erregt, »ich habe einen Einfall!«

Onkel Heinz war gerade dabei, dem Direktor lang und breit auseinanderzusetzen, inwiefern der Unterricht für die Kinder ein andrer werden müsse, als Ilse mit ihrem Ausruf hineinplatzte und alles Interesse sich ihr zuwandte.

»Was hast du für einen Gedanken?« fragte Nellie.

»Fein, fein!« jubelte Ilse. »Ihr müßt mir aber versprechen, daß ihr nicht nein sagt. Wollt ihr das?«
»Da können wir schön hereinfallen«, sagte Onkel Heinz, und Leo lachte: »Ja, Schatz, für so unvorsichtig wirst du uns doch nicht halten!«
»Also hört«, fuhr Ilse fort, »in vier Tagen haben wir Vollmond . . .«
»In fünf Tagen«, verbesserte der Professor ruhig.
»Nein, in vier, ich habe heute im Kalender nachgesehen; überhaupt, Onkel Heinz, unterbrechen Sie mich nicht! Also in vier Tagen haben wir Vollmond. Was meint ihr dazu, wenn wir auf den Schneekopf gingen? Aber in der Nacht. Denkt euch doch nur, im Mondschein, wie poetisch, wie romantisch!«
Man war solche Einfälle von Ilse gewöhnt, aber doch erregte dieser plötzliche Vorschlag ein Hin und Wider. Man erhob allerlei Einwände, der Weg sei zu weit, zu beschwerlich, der Gedanke zu abenteuerlich, um ausführbar zu sein, aber Ilse wußte auf alle Bedenken eine Entgegnung. Sie malte ihnen in den glühendsten Farben aus, wie schön es wäre, bis sie schließlich alle mit ihrer Begeisterung ansteckte.
Leo war innerlich schon ganz bereit, er fand den Gedanken seiner kleinen Frau außerordentlich verständig und ließ deshalb die andern reden, soviel sie wollten. Stillschweigend holte er die Karte und das Kursbuch aus seinem Zimmer, und ohne die Zustimmung eines jeden abzuwarten, wurde der Plan entworfen. Nellie hegte noch einige Bedenken, ob ihrem Fred der nächtliche Weg gut bekommen würde, aber sie wollte nicht widersprechen, als sie merkte, daß er bereit war, teilzunehmen.
So war man dann bald im besten Zuge und ging schon

auf die Einzelheiten des Ausflugs über, der am nächsten Sonnabend und Sonntag stattfinden sollte, als Onkel Heinz plötzlich damit herausrückte, daß er nicht mitgehen werde, er habe zu arbeiten, er könne sich nicht losmachen.
Ein wahrer Sturm brach über seinem Haupt los. »Ach, Heinz, nun mach keine Geschichten! Du gehst auf jeden Fall mit«, sagte Leo bestimmt, denn er wußte genau, daß der Professor es schließlich doch tun würde.
»Was mache ich denn für Geschichten, Gontrau?« erwiderte Onkel Heinz mit einigem Nachdruck. »Was soll das überhaupt heißen, Geschichten machen? Ich habe eben zu tun und kann deshalb nicht mit. Was habt ihr denn davon, ob ich mitgehe oder nicht?«
»Natürlich haben wir etwas davon«, sagte Ilse lustig herausfordernd, »ich hätte ja sonst niemand, den ich ärgern könnte.«
»Ja, da haben Sie recht«, gab der Professor zur Antwort, und der Ton, mit dem er das sagte, hatte fast eine wehmütige Färbung.
»Deshalb keine Feindschaft, Onkel Heinz«, sagte Ilse lachend und erhob ihr Glas, um mit ihm anzustoßen, denn sie hatte gemerkt, daß ihn ihre Neckerei empfindlich berührte. »Nicht wahr, Sie gehen mit?«
Dem liebenswürdigen Blicke, mit dem Ilse ihre Frage begleitete, konnte der Professor nicht widerstehen. »Ja, dann kann ich wohl nicht anders«, sagte er befriedigt.
Es war spät geworden, als sich die Freunde trennten, denn wegen des bevorstehenden Ausflugs gab es noch eine Menge zu beraten und zu überlegen. Zum Schluß kam Ilse noch auf den Einfall, Rosi mit ihrem Mann aufzufordern.

»Dann bleibe ich doch lieber zu Hause«, sagte Onkel Heinz, denn die Frau Pastor war nicht seine beste Freundin.
»Ja glaubst du denn, daß die mitgehen?« sagte Leo lachend. Er hatte längst erkannt, daß Ilse nur hören wollte, was Rosi, die ehrwürdige Superintendentin, zu ihrem phantastischen Plane sagen würde. Und so war es auch.

In dem hübschen Pfarrhause, das der Kirche gegenüberlag, saß Frau Rosi auf ihrem erhöhten Platz am Fenster. Vor ihr stand ein großer Korb mit Strümpfen; einen davon hatte sie gerade über die Hand gezogen, und eifrig flog die Nadel auf und nieder. Sie war noch immer die alte Rosi. Moden und Neuerungen gingen an ihr ziemlich spurlos vorüber; sie war eines von den Menschenkindern, die niemals jung aussehen, und bei denen man schon als Kind genau wissen konnte, wie sie mit vierzig Jahren sein würden. Alles trug bei der Superintendentin einen konservativen Anstrich; sie war kein Kind ihrer Zeit, hielt jeden Fortschritt für sündhaft und wies ihn mit den Worten zurück: »Wir sind so lange ohne das fertig geworden, daß wir es jetzt auch entbehren können.« Wenn es nach ihr ging, hörte alles Streben auf. Jetzt, wie sie so dasaß, tadellos und gerade, machte sie nicht den Eindruck, als ob sie eine Altersgenossin der Freundinnen wäre.
In dem Zimmer waren die Möbel in Reih und Glied geordnet, vor dem roten Plüschsofa stand der Tisch mit einer ebensolchen Plüschdecke, und vier Plüschsessel umgaben ihn steif und langweilig. Alles war gut und gediegen, aber man suchte unwillkürlich, ob nicht irgend etwas den persönlichen Geschmack der Be-

wohnerin verriete, etwa eine Besonderheit in der Ausschmückung der Räume, irgendeine Liebhaberei, eine Geschmacksrichtung in den Bildern an der Wand – aber nichts dergleichen. Wie eine drückende Atmosphäre lag es über dem Ganzen, und feinfühlende Seelen mußten in diesem Zimmer eine Art Niedergeschlagenheit empfinden. Pflanzen standen nicht am Fenster; Rosi hatte, wie sie behauptete, zuviel mit der Pflege ihrer Kinder und mit dem Haushalte zu tun, um auch für diese Lebewesen noch sorgen zu können. Dagegen war das Zimmer reich an gestickten und gehäkelten Gegenständen, gestickten Sprüchen an den Wänden, gestickten Kissen auf dem Sofa und auf den Stühlen. Der Ofenschirm zeigte ein gesticktes Ritterfräulein auf grünem Grunde; gehäkelte Decken lagen überall, wo es nur möglich war; wohin das Auge blickte, sah man die Spuren stickender, strickender, häkelnder Hände, wodurch dem Ganzen der Stempel des Spießbürgerlichen aufgedrückt wurde. Wie viele Tanten und Basen waren auch zu Weihnachten für die Frau Pastor tätig! Der Geschmack kam dabei nicht in Betracht, nur selbstgearbeitet mußte es sein, darauf legte Rosi den größten Wert. Sie selbst war in der Weihnachtszeit von einem unheimlichen Fleiße, nähte vom Morgen bis zum Abend für jeden etwas, und war es auch noch so unnütz. Nach dem Buche war Rosi eine Musterfrau, und, was ihr der Neid lassen mußte, sie sorgte auch für andre mit vieler Umsicht, besuchte die Kranken und brachte ihnen Stärkendes; sie war auch in allen wohltätigen Vereinen. Ob alles dieses aber aus tiefinnerstem Drange geschah oder nur aus Pflichtgefühl, das war zweifelhaft. Sie sprach viel von Pflicht, sie führte das Wort immer im

Munde. Auch jetzt schien sie von ihrem Pflichtgefühle beseelt zu sein, denn ein Strumpf nach dem andern wurde vorgenommen, und ohne Unterbrechung ging das so fort. Sie hob kaum den Kopf und hatte keinen Blick für die warme Frühlingssonne draußen, die neugierig zu ihr hereinsah, in hellen Strahlen auf dem Fußboden spielte und sich sogar an die Plüschsessel wagte, so daß deren stumpfes Rot feurig aufleuchtete.

Jetzt wurde die Tür aufgerissen und Fritz stürmte ins Zimmer. Rosi drehte sich unwirsch um. »Du sollst nicht immer so laut hereinkommen!« rief sie ärgerlich. »Wie oft habe ich dir das schon gesagt, Fritz!«

Fritz, dessen blaue Augen eben noch lustig gelacht hatten, legt jetzt Mappe und Mütze still auf den Stuhl und trat zur Mutter, die ihm ihre Wange zum Kusse reichte. Dann arbeitete sie weiter.

»Nun, wie war es? Konntest du deine Sachen?«

»Ja, Mutter, alles.«

»Wie viele Fehler hast du im Extemporale?«

Kleinlaut flüsterte er: »Sieben.«

Jetzt ließ sie die Hand mit dem Strumpf in den Schoß fallen und sah ihn an. »Siehst du, das kommt davon, wenn man bis in die sinkende Nacht fortbleibt und nicht an das Arbeiten denkt.«

»Es war so schön bei Tante Ilse«, warf Fritz ein.

»Und da konntest du dich nicht trennen, wie gewöhnlich«, unterbrach ihn die Mutter mit vielsagendem Blick. »Aber erst kommt die Pflicht, dann das Vergnügen«, fuhr sie fort; »es ist schrecklich, daß du so leichtsinnig bist! Immer diese vielen Fehler!«

Fritz sah bei dieser Strafrede ganz betrübt vor sich nieder und dachte darüber nach, ob es denn wirklich

so schlimm sei, lieber in der herrlichen Frühlingsluft draußen spielen zu wollen, als über den langweiligen Büchern zu sitzen.
»Nun trage nur deine Sachen fort und setz dich an den Tisch! Wir trinken gleich Kaffee.«
Fritz gehorchte. In der Tür begegnete ihm ein kleines Mädchen von acht Jahren, seine Schwester. Ihre Ähnlichkeit mit der Mutter war unverkennbar, vielleicht war sie auch deshalb deren Liebling.
»Guten Tag, Mama!« sagte sie und umarmte diese so steif und gemessen, als wären auch Liebkosungen eine Pflicht, als hätte ihr Rosi gesagt, ein Kind umarmt seine Mutter, weil sich das so gehört. Dennoch war die Begrüßung mit der Tochter eine weit wärmere als mit Fritz.
Rosi strich ihr über den glatten blonden Scheitel und band eine Schleife fest, die sich an einem der kurzen Zöpfe gelockert hatte. »Bist du auch schon da, Elisabeth?« fragte sie zärtlich. »Zeig einmal, wieviel hast du denn in der Handarbeitsstunde gestrickt?«
Die Kleine zog einen langen Strumpf hervor und zeigte der Mutter, wieviel sie heute daran gearbeitet hatte.
»Du bist ja ganz fleißig gewesen«, sagte Frau Rosi, und ein stolzer Blick glitt über die Tochter. »Jetzt geh und ruf den Vater zum Kaffee!«
Nun legte auch die Superintendentin ihre Arbeit beiseite und ging an den Kaffeetisch, wo sie die Kanne von der wärmenden Hülle befreite.
Inzwischen öffnete sich die Tür lautlos, und lautlos näherte sich dem Tisch eine hagere, alte Frauengestalt in einem schwarzen Kleide.
»Ach, du bist es, Tante Emilie?« sagte Rosi und schrak

ein wenig zusammen, als sie dicht neben sich plötzlich den dunklen Schatten bemerkte. »Nun, bist du schon zurück? Ist die Sitzung vom Frauenverein vorbei?« fragte sie freundlich.
Tante Emilie bejahte und setzte sich nieder. Stillschweigend zog sie einen großen, grauen Strumpf aus der Tasche, und gleich darauf fingen die Nadeln an zu klappern.
»Du bist aber auch immer fleißig, Tante!« sagte Rosi, und über das faltenreiche Gesicht der Angeredeten glitt ein Lächeln der Befriedigung bei diesen Worten. Sie war eine Schwester von Rosis verstorbener Mutter und lebte seit einigen Jahren ganz bei ihrer Nichte, in deren Augen sie als Muster galt, denn bei vielen wohltätigen Vereinen saß sie mit im Vorstande.
Dem Pastor war der stumme, strickende Gast an seinem Tisch keine angenehme Zugabe, und auch heute, als er eintrat, traf sie kein allzu freundlicher Blick. Rosis Mann hatte sich wenig verändert, es war noch dasselbe gutmütige Gesicht mit den blauen Augen, die Fritz von ihm geerbt hatte; nur blickten die des Sohnes kecker und selbstbewußter in die Welt. Lebenslust und Freudigkeit leuchteten daraus hervor, zum heimlichen Kummer von Rosi, die immer Leichtsinn dahinter witterte. Auch jetzt konnte sie nicht begreifen, daß der Junge ungeduldig auf dem Stuhle herumrutschte; draußen warteten ja schon die Freunde auf ihn!
»Kannst du denn gar nicht ruhig sitzen, Fritz?« bemerkte Rosi, indem sie den Kaffee einschenkte. »Adolf, du mußt wirklich einmal streng gegen den Jungen sein! Und wie ißt er nun wieder! So iß doch nur langsam!« Sie schüttelte unmutig den Kopf und reichte ihrem Mann die Tasse.

»Liebe Rosi, wollen wir nachher mit den Kindern einen Spaziergang machen?« fragte der Pastor. »Es ist so herrlich draußen.«
»Nein, nein, das geht nicht«, erwiderte sie. »Fritz muß arbeiten, er hat wieder sieben Fehler im Extemporale. Sieben Fehler!« wiederholte sie noch einmal eindringlich ihrem Manne, als sie sah, daß ihm diese Nachricht nicht aus der Fassung brachte, und gab ihm unter dem Tisch einen kleinen Stoß, damit er etwas sagen solle.
»Ja, Fritz«, begann der Pastor, indem er sich räusperte – er tat dies immer, wenn er zu einer ernsten Rede Anlauf nahm – »wie kommt denn das?«
»Ach, Vater, das Lateinische macht mir einmal kein Vergnügen!« antwortete der Junge offen.
»Siehst du, da hörst du's ja, Adolf!« fuhr Rosi auf. »Aus Fritz wird nie etwas werden.«
»Nun, nun«, lenkte der Pastor ein, denn er sah, wie dem Kind bei diesen Worten das Blut ins Gesicht stieg, »das wollen wir nicht hoffen!« Und er strich ihm beruhigend über das blonde Haar.
Rosi schüttelte den Kopf. Wollte denn ihr Mann gar nicht begreifen, daß Fritz streng behandelt werden mußte? In ihren Gedanken stand es fest, daß aus ihm nichts würde. Wenn sie dagegen Elisabeth nahm, das war ein braves Kind; kaum, daß sie ermahnt zu werden brauchte, der lag das Pflichtgefühl im Blute. Wie sittsam und bescheiden sie am Tisch saß und ihr Brötchen verzehrte! Fritz dagegen konnte überhaupt keinen Augenblick stillsitzen. Es war auch keine Kleinigkeit für ihn, hier in der Stube zu hocken. Die Sonnenstrahlen wurden immer zudringlicher, sie krochen an ihm herauf, schienen ihm jetzt voll ins Gesicht, gerade

als ob sie ihn ärgern wollten; blinzelnd wich er ihnen aus. Mutter Rosi war aber unerbittlich streng, die Kaffeezeit durfte nicht abgekürzt werden. Was wußte sie von einem Kinderherzen, das sich nach dem Schulzwang in die Freiheit sehnte! Endlich gab sie das Zeichen zum Aufbruch. Elisabeth holte das Auftragbrett und räumte die Tassen zusammen. Fritz schlüpfte schnell hinaus.

»Gar kein Ernst steckt in dem Jungen«, nahm Rosi das Gespräch wieder auf, unbekümmert um Elisabeths Gegenwart, die sich im Vollgefühl ihrer Tadellosigkeit sonnte; sie wußte genau, daß sie viel besser war als ihr Bruder, die Mutter hatte es ihr ja oft genug gesagt.

»Du solltest nicht zu streng sein, Rosi«, beschwichtigte der Superintendent; »wenn du soviel tadelst, untergräbst du sein Ehrgefühl. Ich war auch kein Held in der Schule, und es ist doch etwas aus mir geworden.«

»Du nimmst Fritz doch stets in Schutz, es ist merkwürdig; tadle ich ihn wohl zuviel, Tante Emilie?« fragte Rosi diese erregt.

Tante Emilies rote Nasenspitze hob sich ein wenig, und das Nein, das sie hervorbrachte, klang so dumpf, als käme es unter dem Tisch hervor. Das Gespräch fing jedoch an, sie zu interessieren, denn wenn sie den grauen Faden um den Finger legte und dabei etwas länger zögerte als gewöhnlich, so war dies ein Beweis, daß ihre Teilnahme auch noch von andrer Seite in Anspruch genommen war. Ebenso interessierte Elisabeth die Unterhaltung der Eltern aufs höchste, denn auch sie hielt in ihrem Eifer, mit dem sie das Geschirr abzuräumen begann, inne und hörte andächtig zu.

»Elisabeth, mach, daß du fertig wirst! Geh dann hin-

aus und spiele mit deinem Bruder!« sagte der Vater, der ihre lauernden Blicke bemerkt hatte.
»Ich muß arbeiten«, erwiderte sie trotzig und ging hinaus, indem sie das Geschirr stehen ließ.
»Sag Minna, daß sie den Tisch abräumt!« rief ihr die Mutter in sanftem Tone nach.
»Warum fährst du das Kind so an, Adolf? Sie verdient es viel weniger als Fritz«, sagte Rosi vorwurfsvoll.
»Sie soll nicht horchen, wenn wir miteinander solche Dinge besprechen. Das gehört sich nicht.«
»Elisabeth versteht uns nicht falsch, das weiß ich; sie kann ruhig so etwas mit anhören.«
»Ich will es aber nicht!« sagte der Pastor heftig und stand erregt auf.
Tante Emilies Augen folgten ihm hinter der großen Brille mit gespanntem Blick.
»Nimm dich zusammen, ich bitte dich, Adolf! Du bist ja stets ärgerlich, wenn ich Fritz tadle, und an Elisabeth hast du immer etwas auszusetzen.«
»Nein, du bist ungerecht, gegen Fritz zu streng und gegen das Mädchen zu schwach.«
»Bitte, dann erzieh deine Kinder selbst!« erwiderte Rosi spitz.
Die vorwitzigen Sonnenstrahlen kamen jetzt auch zu ihr und huschten über ihr Gesicht. Ärgerlich stand sie auf, zog den Vorhang vor und sperrte die kecken Eindringlinge aus. Nervös rückte sie an den Tassen, suchte die Krümchen von der Decke, während der Pastor an das Fenster trat, den eben vorgezogenen Vorhang wieder aufzog und hinausblickte. Tante Emilie schrak ordentlich zusammen, als der grelle Lichtschein so plötzlich wieder auf das dunkle Grau in ihren Händen fiel.

Rosi witterte eine Absicht ihres Mannes dahinter, als er die eben verbannten Strahlen wieder hereinließ, und rief ärgerlich: »So laß doch den Vorhang zu! Du sahst doch, daß ich ihn vorzog, weil mich die dumme Sonne blendete.«
Die Stimmung der beiden Ehegatten war jetzt eine sehr gereizte, wie Tante Emilie bemerkte, deren Blicke von einem zum andern wanderten, und sicherlich wäre es noch zu weiteren Auseinandersetzungen gekommen, wenn in diesem Augenblick nicht Ilse und Nellie angemeldet worden wären.
Bei der Nennung dieser Namen erhob sich Tante Emilie wie auf Befehl, packte ihr Strickzeug zusammen und verschwand ebenso lautlos, wie sie gekommen war, denn die beiden Pensionsfreundinnen ihrer Nichte waren ihr wenig angenehm; sie nannte Nellie kokett, Ilse keck und frei.
Die Röte der Erbitterung lag noch auf Rosis Wangen, als die beiden eintraten, aber sie bezwang sich und ging ihnen freundlich entgegen. Ihre Begrüßung war ja nie eine stürmische oder auch nur herzliche, wie sie sonst meist unter guten Freundinnen zu sein pflegt; die Pastorin bewahrte stets eine gewisse Steifheit.
»Bitte, nehmt Platz!« nötigte sie, indem sie auf die Plüschsessel wies, die in dem gedämpften Licht wieder stumpf und farblos waren.
»Wir dachten gar nicht, euch bei dem herrlichen Wetter zu Hause anzutreffen«, sagte Ilse; »es ist zu schön, man möchte den ganzen Tag draußen sein.«
»Dazu habe ich leider keine Zeit.« Rosi setzte solchen Aussprüchen von Ilse immer einen Dämpfer auf, auch ließ sie gar zu gern einfließen, wie viel sie zu tun habe und wie sehr ihre Zeit in Anspruch genommen sei.

»Ja, meine Frau hat viel zu tun«, sagte nun auch der Pastor; er meinte es wirklich ernst, denn Rosi redete es ihm ja fortwährend ein.
»Oh, wir sind auch keine Faulpelze!« erwiderte Nellie. »Jede Hausfrau hat zu tun.«
»Ach, Kinder, ich mache es mir furchtbar bequem! Immer an den Haushalt denken ist doch zu langweilig!« rief Ilse übermütig. »Manchmal meine ich, daß ich überhaupt zu etwas andrem geboren bin, weil mir die Geschichte so wenig Spaß macht. Was essen wir heute, was essen wir morgen? Das ist die ewige Frage. Leo muß oft den Küchenzettel machen, wenn ich keine Lust dazu habe.«
Rosis Gesichtsausdruck merkte man es wohl an, wie sie über diese Äußerungen dachte; sie antwortete aber nichts darauf, denn instinktiv ahnte sie, daß derlei nur gesagt wurde, um sie zu reizen. Sie fühlte sich Nellie und Ilse innerlich vollkommen fremd, aber sie hielt es wiederum für ihre »Pflicht«, eine Jugendfreundschaft nicht einschlafen zu lassen, und schwieg deshalb zu vielem, was ihr an den beiden nicht gefiel. Als aber Ilse heute mit ihrer Aufforderung zur Teilnahme an dem geplanten Ausflug herausrückte, da konnte sie nicht gut dazu schweigen. Was war das nun wieder für ein überspannter Einfall, im Mondschein auf den Schneekopf zu steigen! Das fehlte noch, daß sie diesen Unsinn mitmachten! Innerlich war sie deshalb auch empört über ihren Mann, daß er überhaupt darauf einging, und er schien wahrhaftig die größte Lust zum Mitgehen zu haben. »Lieber Adolf«, unterbrach sie das Gespräch, »wir wollen es doch erst überlegen; du kannst gewiß nicht fort.«
Der Superintendent sah sie an, und aus ihren Blicken

las er deutlich: Ich will es nicht. Er schwieg daher mit einem leichten Seufzer.

»Aber dein Mann sagte doch eben, daß er sehr gut könne«, meinte Nellie, und der alte Schelm, den Rosi innerlich Bosheit nannte, lachte aus ihren Grübchen.

»Ich gehe keinesfalls mit«, entschied die Frau Pastor. »Adolf kann ja mitgehen, wenn es ihm Spaß macht.«

»Aber Rosi!« rief ihr Mann ganz erschrocken über eine solche Zumutung.

»Denk doch, Rosi, ein solcher Weg im Mondenschein, wie poetisch!« rief Ilse begeistert.

Rosi sah sie an und schüttelte unmerklich mit dem Kopfe; sie begriff sie eben nicht.

»Ach, ihr kommt doch noch mit!« sagte lächelnd Nellie, als hätte sie Rosis Einwände gar nicht gehört.

»Nein«, gab diese schroff zur Antwort. Mit ihrer Geduld war es nun zu Ende, und sie kochte innerlich.

Als die beiden Frauen fort waren, zog sich der Superintendent wohlweislich in sein Zimmer zurück, denn die Wolken auf der Stirne seiner Gattin kündeten nichts Gutes.

Sie ging ihm aber nach und drückte die Tür hinter sich ins Schloß. »Ich begreife dich nicht, Adolf, daß du immer und immer wieder etwas tun willst, was deiner Stellung nur schaden kann.«

»Ja, aber wieso denn, Rosi?«

»Ach, tue nur nicht so! Du weißt recht gut, was ich meine! Ilse und Nellie denken leider eben sehr frei, was euch Männern natürlich das liebste ist und am besten gefällt.«

»Darin, daß man einen Ausflug auf den Schneekopf macht, sehe ich nichts Freies.«

»Nein, darin nicht; aber machen sie diesen Ausflug wohl, wie es Menschen unsres Standes zukommt? Bei Nacht und Nebel wollen sie hinauf.«
»Im Mondenschein«, verbesserte der Superintendent ruhig.
»Eine solche Albernheit für erwachsene, verheiratete Menschen!« fuhr Rosi fort.
»Du hast bei allem etwas auszusetzen; es ist oft nicht zum Aushalten. Dann laß uns doch lieber den Verkehr mit deinen Freundinnen abbrechen!«
»Das liebste wäre es mir schon, ich tue es nur der Leute wegen nicht.«
Adolf antwortete mit einem ergebungsvollen Achselzucken; er kannte diese Litanei nun schon auswendig, und wenn Rosi in dieses Fahrwasser geriet, gab es sobald kein Aufhören; er ließ sie deshalb ruhig weiterreden.
»Du solltest mir lieber dankbar sein, daß ich stets daran denke, wie die Leute wohl dein Tun und Treiben auffassen. Ich halte es sogar für meine Pflicht, dich darauf aufmerksam zu machen.«
Wenn Rosi ihr »Pflichtgefühl« als letzten Trumpf ausspielte, wurde ihre Miene noch um einige Grade strenger. Der Pastor kannte auch diesen Trumpf genau, und es war am besten, zu schweigen, wenn seine Frau bei diesem Punkt angelangt war; er setzte sich daher an seinen Schreibtisch, holte seine Bücher hervor, schlug sie auf und schien eifrig darin zu lesen. Dies war für seine Frau das Zeichen, daß er sich auf keine weiteren Erörterungen mehr einlassen würde; sie konnte sagen, was sie wollte, er blieb stumm.
»Daß du gleich so empfindlich bist!« versuchte sie doch noch einmal anzufangen.

Keine Antwort.
»Übrigens, mach doch den Ausflug mit, wenn dir soviel daran liegt! Ich«, das Wort betonte sie besonders, »gebe mich zu solchen Dingen nicht her.«
Wiederum Schweigen.
Der Pastor schien vertieft in seine Bücher, aber seine Frau war heute noch lange nicht fertig; mit nervösen Fingern zupfte sie an den Fransen der Tischdecke. Jetzt versuchte sie es mit einem andern Thema. »Dann wollte ich dich auch noch bitten, Adolf, daß du etwas strenger gegen Fritz bist, wir erleben sonst mit ihm noch etwas. Der Umgang mit Gontraus hat entschieden einen schlechten Einfluß auf den Jungen, und von dem eigentümlichen Professor Fuchs, der fast immer dort ist und mit den Kindern lauter Unsinn treibt, was sich für einen Mann in solcher Stellung doch wahrlich nicht schickt, lernen sie auch nichts Gutes.«
Doch sie konnte wohl heute ihrem Manne keine Antwort entlocken, und erregt wandte sie sich zum Gehen. »Natürlich, wenn ich ernste Dinge mit dir besprechen will, dann hast du keine Lust dazu, nicht einmal über die Kinder kann man sich aussprechen.«
Der Pastor zuckte zusammen, als die Tür jetzt unsanft ins Schloß fiel, stand dann aber auf und steckte sich seine Pfeife an.
Rosi schüttete nun Tante Emilie ihr übervolles Herz aus und fand dort für alles einen lebhaften Widerhall. Tante Emilie war mit ihr einer Meinung über den Leichtsinn von Fritz, über die große Schwäche seines Vaters, über die Tadellosigkeit von Elisabeth und nicht zuletzt über das freie Benehmen der beiden Freundinnen. Darüber hatte die Tante schon manches gehört, was sie heute wie mildernden Balsam in die er-

regte Seele von Rosi träufelte, denn es war doch wenigstens ein Trost, daß andere Menschen ebenso dachten wie sie.

Ilse betrachtete in den nächsten Tagen den Aprilhimmel mit besonderer Spannung; das kleinste Wölkchen versetzte sie in lebhafte Unruhe, und wohl hundertmal sah sie sich tagsüber das Barometer an, trotzdem ihr Onkel Heinz gesagt hatte, daß das gar nicht nötig sei, denn wenn er sage, es bleibe gut, so bleibe es auch gut.
Er zeigte auf einmal ein lebhaftes Interesse für den Ausflug und kam alle Tage vorbei, um dies und jenes zu bringen, zu prüfen oder zu besprechen. Ilses Stiefel wurden von ihm einer gründlichen Prüfung unterworfen, und dabei ließ er eine längere Rede gegen die Schuster im allgemeinen und im besonderen gegen denjenigen los, der diese Schuhe »verbrochen« hatte. »Welchen Unsinn, so spitze Schuhe zu tragen! Da müssen die Füße verkrüppelt werden«, behauptete er und zeichnete einen normalen Fuß auf und einen, der in spitzen Schuhen gesteckt hatte.
Beinahe wären sie wieder in Streit geraten, als Ilse widersprach und behauptete, trotz der verpönten spitzen Schuhe noch einen normalen Fuß zu haben. Doch es ging diesmal noch gnädig ab. Ilse merkte, daß Onkel Heinz sich wirklich auf den Ausflug freute, wenn auch die Vorbereitungen mit der gewohnten Umständlichkeit getroffen wurden.
Als der Professor zur verabredeten Stunde am Sonnabend nachmittag auf dem Bahnhof erschien, konnten die andern kaum ein Lachen unterdrücken. Für eine Expedition auf den Großglockner konnte er nicht bes-

ser ausgerüstet sein. Die dichtbeschlagenen Nagelschuhe hallten laut bei jedem Schritt, den er auf dem asphaltierten Bahnsteig machte. Ilse betrachtete seinen ungeheuren Rucksack und fragte, ob er denn auch die Steigeisen nicht vergessen habe. Er wurde etwas verlegen, und sie lenkte darum sofort wieder ein, als sie bemerkte, daß er seinen Bart zu drehen begann, das untrüglichste Zeichen seines Unmutes.

Nellie und Ilse sahen flott und touristenmäßig aus mit ihren kurzen Kleidern, den derben Schuhen und den Rucksäcken auf dem Rücken. Althoff und Gontrau hatten es sich schon bequem gemacht und ihre Sachen ins Abteil gelegt, während sie draußen noch auf und ab spazierten.

»Was machst du denn da?« fragte Ilse, als sie jetzt einstieg und sah, daß Nellie ihres Mannes Rucksack geöffnet hatte und diesem eiligst Sachen entnahm, die sie in den ihren steckte.

»Fred hat zu schwer zu tragen«, sagte die Freundin etwas verlegen und band schnell die beiden Säcke wieder zu. Derjenige ihres Mannes war nun sehr zusammengeschrumpft, ihrer dagegen dick aufgeschwollen. Ilse wog sie beide in der Hand. »Um Himmels willen, Nellie! Das willst du schleppen, während dein Mann fast gar nichts zu tragen hat?«

»Laß nur, Darling, laß nur! Fred darf sich nicht anstrengen, er ist in letzter Zeit so nervös«, erwiderte Nellie, und bei dem Gedanken an das Leiden ihres Fred stiegen ihr sofort die Tränen in die Augen.

»Dein Mann ist doch ganz gesund«, sagte Ilse; »ein bißchen nervös, du lieber Himmel, das sind fast alle Menschen, das ist nun einmal die Modekrankheit!«

Nellie schüttelte wehmütig den Kopf. Ilse verstand sie

in diesem Punkte nicht, sie nahm die Sache viel zu leicht.
»Du verwöhnst deinen Mann viel zu sehr«, fuhr Ilse fort; sie wußte ja aus dem Munde ihres gemeinsamen Arztes, daß Althoff wohl etwas reizbare Nerven habe, im übrigen aber kerngesund sei. Sie verstand die Freundin hierin wirklich nicht und versuchte, sie bald in ernstem, bald in neckischem Tone von der übertriebenen Ängstlichkeit abzubringen.
Die kleine Reise bis zu dem Gebirgsstädtchen, einem Badeort, von wo aus der nächtliche Aufstieg unternommen werden sollte, wurde in bester Stimmung zurückgelegt. Ilse war in ihrer gehobensten Laune und steckte mit ihrer Lustigkeit alle andern an, auch Onkel Heinz, der ihr dann und wann unter der Brille hervor einen strahlenden und bewundernden Blick zuwarf und vergnügt mitlachte.
Die Straße, die sie durchschritten, dehnte sich fast endlos aus. Villenartige Häuser zu beiden Seiten rüsteten sich schon für die Sommergäste; es roch nach frischem Farbanstrich, Fenster und Türen wurden abgewaschen, auch schon neue Gardinen aufgesteckt, und in den Gärten wurde gegraben und gepflanzt. Hinter einzelnen blanken Scheiben prangten bereits große Plakate: »Zimmer zu vermieten.« Nur wenige Wochen, und alles war für die Fremden bereit, wie aus einer Spielzeugschachtel genommen. Dann wogte auch unter den alten Linden, die im Sommer der Sammelplatz für die Fremden waren, eine bunte Menge, die Kurmusik anhörend, Kaffee trinkend, Kuchen essend, lachend und schwatzend, wie ein Bienenschwarm durcheinander summend.
Jetzt standen vor der Tür des Gasthauses die kleinen

Kellnerlehrlinge in blauen Schürzen und wuschen Tische und Bänke ab. Sie hielten in ihrer Beschäftigung inne, als die fünf einsamen Gestalten vorüberkamen. Nun wanderten diese die Höhe hinauf durch den Buchenwald, dessen zarte Knospen einen lichtgrünen Schleier über ihnen woben, und aus dessen Zweigen fröhliche Vogelstimmen tönten wie eine Verkündigung des nahenden Frühlings.

»O wie schön! Sieh nur, Fred!« sagte Nellie so recht aus vollster Seele und hängte sich an seinen Arm.

Bald kamen sie an eine Lichtung, wo zwischen den abgehauenen Stämmchen ein wahrer Blumenflor wucherte: Anemonen, Primeln und Veilchen, zwar nur sogenannte Hundsveilchen, ohne Duft, aber von schöner blauer Farbe.

Die beiden Frauen stürzten darauf los, und im Nu hatten sie einen großen Strauß gepflückt. Sie schmückten damit sich selber, die Hüte ihrer Männer und natürlich auch den von Onkel Heinz.

»Was soll ich denn mit den Dingern anfangen? Die sind ja im Augenblick verwelkt«, sagte er trocken, als Ilse ihm ein Sträußchen von Primeln und Veilchen an den Hut steckte, aber schmunzelnd ließ er sich doch diesen Aufputz seines alten, grauen Filzes gefallen.

»Sehen Sie doch nur diese entzückende Farbenzusammenstellung von Blau und Gelb!« rief Ilse.

»Kann ich nicht finden, viel zu grell«, sagte er wieder ablehnend.

Ilse wandte sich ab. »Na, dann nicht!« meinte sie.

»Um Himmels willen, Gontrau, du läufst ja wie ein Wilder!« rief Onkel Heinz nach einer Weile, »man kann ja gar nicht mitkommen!«

»Nun, dann gehen wir eben langsamer, Heinz; aber

ich gehe doch wahrhaftig nicht schnell«, sagte Gontrau liebenswürdig und änderte sofort das Tempo seiner Schritte.

»Langsamgehen ist die erste Regel. Hast du schon einmal eine ordentliche Bergtour gemacht, Gontrau?« fragte Onkel Heinz mit einem spöttischen Lächeln.

»Nun, ich denke doch. In der Schweiz war ich auf dem Monte Rosa, in Südtirol habe ich den Ortler bestiegen.«

»Ach, du lieber Himmel, diese Hügel sind ja eine Kleinigkeit!« rief Onkel Heinz dazwischen und fing nun an, von den Besteigungen auf seinen Reisen in anderen Weltteilen zu erzählen, die allerdings an Gefahren und Abenteuern reich waren.

Ilse wollte nun auch ihrerseits einige boshafte Bemerkungen einschalten, wie er es eben getan hatte, aber sie wurde durch seine interessante Erzählung so gefesselt, daß sie schwieg und aufmerksam zuhörte. Onkel Heinz war ein guter Erzähler, und wenn er so recht im Zuge war, dann zeigte sich auch mehr wie sonst sein Innenleben, und es war durchaus keine verknöcherte Junggesellenseele, die zum Vorschein kam. Feine Beobachtungen und Stimmungen ließ er durchschimmern, die man ihm nicht zugetraut hätte.

Eine gute Strecke waren sie inzwischen weitergekommen. Die scheidende Sonne vergoldete noch die hohen Tannenwipfel, und der Himmel leuchtete vom feurigen Rot und Orange bis zum hellen Goldgelb, an das sich in wirksamem Gegensatz das duftige Blau und Violett des östlichen Firmaments anschloß. Wie ein leichtes Frösteln ging es durch die Natur, als der farbenprächtige Himmel allmählich verblaßte, die gelben warmen und die bläulich kühlen Töne in einem nebelhaften Grau verschwanden und die durchsichtige Scheibe des Mondes als Alleinherrscherin am Himmel stand. Schnell huschte die Dämmerung wie ein leichter Schatten herbei, die Gegenstände verschleiernd. Die scharfen Umrisse gingen ineinander über, verschwommen wurden die fernen Linien, alles löste sich in eine traumhafte Weichheit auf, und schlaftrunken zirpten die kleinen Sänger des Waldes auf den Zweigen.

Stumm schritten die Freunde weiter, nur manchmal sprachen die beiden Paare im traulichen Flüstertone zueinander. Einsam schritt ihnen Onkel Heinz voran.

Jetzt kamen sie in den Tannenwald. Da war es schon dunkler als draußen, nur durch die Zweige schimmerte noch das helle Grau des Himmels. Ilse wurde es etwas bang zumute hier zwischen den hohen Bäumen, sie glaubte es überall knistern zu hören; bald sah sie sich ängstlich um, bald spähte sie nach beiden Seiten in den dämmernden Wald. Mit jedem Schritte wurde ihre Phantasie erregter, die dunklen Stämme und herabhängenden Zweige nahmen alle möglichen Gestalten an, die schattenhaft an ihr vorüberzogen. Das Knacken und Knistern in den dürren Ästen auf dem Boden wurde immer deutlicher, jetzt sah sie auch genau, wie sich etwas bewegte. Unwillkürlich klammerte sie sich noch fester an Leos Arm und starrte mit angstvollen Augen dorthin, woher das Geräusch kam. Wie es in Augenblicken großer Furcht gewöhnlich ist, wagte sie nicht zu sprechen, kaum zu atmen. Wenn sie überfallen würden! Ihre lebhafte Einbildungskraft malte ihr die schaurigsten Dinge aus, und gerade wollte sie Leo zuflüstern, wie sehr sie sich fürchte, als plötzlich zwischen den hohen Stämmen etwas hervorkam – ein großer Hirsch, der quer über den Weg setzte und auf eine Lichtung zulief, wo er äsend stehenblieb. Nun war der Geisterspuk erklärt, Ilse atmete auf, aber ein Gefühl der Angst und Unsicherheit blieb doch in ihr zurück, und da die lustige Ilse, die sonst den Ton angab, schwieg, waren auch die andern meistens still.

Der Abend war nun ganz hereingebrochen, die Luft kühl geworden, und dem frühlingsjungen Waldboden entströmte ein feuchter Erdgeruch. An der Seite rauschte jetzt behende ein Wasser neben ihnen her, einschläfernd durch seine eintönige Melodie, die sich anhörte, als sänge es der zur Ruhe gehenden Natur ein Schlummerlied.

»Es wird feucht«, sagte Althoff und zog seinen Rockkragen in die Höhe.

»Oh, du frierst doch nicht?« fragte Nellie ängstlich und nahm ihr Tuch von den Schultern, um es ihm umzulegen.

Er wehrte ab, nicht gerade in der liebenswürdigsten Weise.

»Es geht dir doch gut, Fred?« fragte sie wieder nach einer Weile, und diesmal antwortete er liebevoller. »Ja, ja, Kind, nur etwas einseitige Kopfschmerzen, wie gewöhnlich.«

»Soll ich dir ein Antipyrinpulver geben?« fragte Nellie. »Ich habe es mitgenommen.«

»Um Himmels willen, nehmen Sie doch nicht dieses Zeug!« rief da Onkel Heinz' Stimme. »Sie vergiften sich ja nur damit.«

»Es hilft Fred aber so gut!« meinte Nellie.

»Ja, dann nehmen Sie Ihr Gift nur«, erwiderte Onkel

Heinz mit Achselzucken, »aber hier, trinken Sie wenigstens einen Kognak als Gegengift.« Er reichte ihm seine Flasche hin. Gegen jede Medizin hatte er etwas einzuwenden, und wenn die Gontrauschen Kinder einmal krank waren, lag er mit Ilse stets im Kampfe, denn sie tat, was der Arzt anordnete, statt seinen Ratschlägen zu folgen, und wenn er auf die Ärzte schalt, machte sie ihn mit seinen Mitteln und Mittelchen lächerlich.

Leo, der mit Ilse ein Stück vorausgegangen war, drehte sich jetzt um und rief den andern zu: »Menschliche Wohnung in Sicht!«, indem er dabei auf einige helle Punkte zeigte, die in geringer Entfernung durch die Bäume blinkten. Nicht lange mehr, und sie konnten die Umrisse eines Gebäudes erkennen, das wohl das Försterhaus war, an dem sie vorbeikommen mußten. Einsam lag es am Waldessaum, hohe, dunkle Tannen ragten majestätisch darüber hinweg und hoben sich vom helleren Himmel wie scharfe Schattenbilder ab.

Die Tür des Wildgatters, das den Wald abschloß, fiel mit dumpfem Tone zurück, und nun standen die nächtlichen Wanderer in einem Garten, der zum Försterhaus gehörte. Ilses feine Nase witterte etwas wie Veilchenduft, als sie an den frischen Beeten vorbeigingen. Im Erdgeschoß waren die Fenster erleuchtet, man konnte ohne Mühe hineinsehen. Die Försterfamilie saß um einen runden Tisch versammelt, über dem eine Hängelampe brannte, und schien eben zu Abend gegessen zu haben, denn das Tischtuch lag noch da, und von seiner blendenden Weiße fiel ein heller Schein auf die rosigen Gesichter in der Runde. Gemütlichkeit durchwehte das Zimmer mit den vielen

Geweihen, sie lachte aus der freundlichen Miene der rotwangigen Hausfrau den blonden Kindern entgegen und umgab auch die kräftige Gestalt des Hausherrn, der sich gerade seine Pfeife stopfte und die Zeitung vor sich liegen hatte. Den Draußenstehenden tat es leid, dieses harmonische Bild zu stören, sie rührten sich kaum und betrachteten es mit Wohlgefallen.
In diesem Augenblick aber wurden die Hunde im Zimmer unruhig, der Förster erhob sich, kam zur Tür heraus und nahm die späten Gäste freundlich auf. Er war nicht wenig erstaunt, als er hörte, daß die Gesellschaft noch in der Nacht auf den Schneekopf gehen wollte; so etwas kam wohl im Sommer vor, aber zu dieser Zeit selten. Schmunzelnd sah er sich die Frauen an, die frisch und unternehmungslustig vor ihm standen. »Das nenne ich aber Mut!« sagte er zu ihnen. »Ein bißchen Schnee wird's da oben wohl noch geben.«
»Wir fürchten uns nicht davor, Herr Förster«, erwiderte Ilse lustig und warf ihren Rucksack auf den Stuhl.
»Kann man hier einen guten Kognak haben?« fragte Onkel Heinz und ließ sich in den alten Lehnstuhl am Ofen nieder, daß die lahm gewordenen Federn ächzten.
»Alles, was Sie wollen! – Frau, die Herrschaften wünschen etwas zu bestellen«, rief er hinaus.
Die Försterin kam herein, ihre Blondköpfe hinter ihr her, aber diese blieben neugierig an der Tür stehen. Nellie holte sich die Kleinen, auch Onkel Heinz erhob sich von seinem bequemen Sitz und stellte allerhand lustige Fragen an die Kinder. Ilse beschäftigte sich mit den kleinen, krummbeinigen Dackeln und dem brau-

nen Hühnerhund mit den herabhängenden Ohren und den treuen, klugen Augen. Er hatte sich ganz nahe an sie gedrängt und ließ sich von ihr am Halse kraulen, und wenn sie einen Augenblick innehielt, stieß er sie mit der Schnauze an.

Die Rast war keine lange, denn Althoff und Leo drängten zum Aufbruch. Sie hatten mit dem Förster, der ihnen eine kleine Strecke das Geleit geben wollte, eingehend den Weg besprochen.

Auffallend kühl war es geworden, als sie aus dem Hause traten, und in den dunklen Tannenwipfeln über ihnen rauschte es leise. Am Himmel stand ruhig, silberglänzend der Mond, tausend und abertausend Sterne funkelten. Jetzt verließen sie die Landstraße, die sich als heller Streifen durch die Wiese vor ihnen her schlängelte, und bogen in den steilen Waldweg ein, der steinig und mühsam zu erklettern war. Hier schied der Förster von ihnen.

Nun ging's flott weiter, voran die beiden Damen, deren Hände sich oftmals krampfhaft zusammenfanden, wenn ein Geräusch zu hören war oder sie irgend etwas Schreckhaftes zu sehen glaubten. Die Nacht bevölkert ja den Wald für furchtsame Geister mit allen möglichen Spukgestalten, sie hören, wo nichts zu hören ist, und sehen, wo nichts zu sehen ist. Besonders Ilse war es nicht behaglich zumute, aber um keinen Preis wollte sie sich verraten. Wie würde Onkel Heinz sie sonst wohl verspotten! Auf einmal zuckte sie doch zusammen und konnte einen lauten Ausruf des Schreckens nicht unterdrücken. »Da, da!« rief sie und zeigte entsetzt nach oben. »Seht ihr nicht die weiße Gestalt?«

Eine weiße Gestalt war allerdings zu sehen, ja sie

schien näher zu kommen und zu wachsen; selbst weniger Schreckhaften als Ilse wäre es bei diesem Anblick unheimlich geworden. In ihrer Herzensangst überhörte sie ganz die spöttische Bemerkung von Onkel Heinz, der herzhaft weiterging und auf das Gespenst losschritt.

Plötzlich tönte ein schallendes Gelächter durch die Stille. Onkel Heinz war es, der sich neben die weiße Geistergestalt gestellt hatte und sich vor Lachen ausschütten wollte. »Ihr Gespenst ist von Stein, Frau Gontrau. Kommen Sie nur getrost, und sehen Sie es sich an!« rief er laut.

Ilse ärgerte sich im stillen und schämte sich zu gleicher Zeit, daß sie ihre Furcht gezeigt hatte. Die vermeintliche weiße Gestalt war ein heller Stein, ein großer Wegweiser, der in dem matten Mondeslicht blendend schimmerte.

»Von weitem konnte man den Stein ganz gut für eine Gestalt halten«, meinte Leo, der bemerkt hatte, daß Ilse dem Weinen nahe war, und sie entschuldigen wollte.

»Na, Gontrau«, rief Onkel Heinz, »nun fängst du wohl auch noch an, an Gespenster zu glauben?« Wieder schallte sein Lachen durch die stille Nacht.

Ilse erschien es in ihrer aufgeregten Gemütsverfassung fast teuflisch. Ja, Blößen durfte man sich vor Onkel Heinz nicht geben, sonst war man verloren. Aber Rache ist süß. Der Augenblick würde schon kommen, wo Ilse sie ausüben konnte; jetzt war ihre Erregung zu groß, um etwas sagen zu können. Sie wich nicht von Leos Arm und sah sich oftmals scheu nach allen Seiten um.

Bei dem Geistersteine verließen sie den Wald, überschritten den Fahrweg und waren nun auf der Höhe, nur wenig stieg es noch hinan. Ilse atmete tief, der frische Höhenwind kam ihnen entgegen, und nach allen Seiten war der Blick frei, keine beengenden Bäume mehr, zwischen deren Stämmen man allerlei vermuten konnte. Die Mondscheibe erschien hier oben riesengroß; ihr Glanz umgab die Gestalten mit silbernen Rändern und lag breit auf dem steinigen Wege und auf den niedrigen Föhren, neben denen unter Steingeröll ein flinkes Wässerchen gurgelte, hastend und stürzend, als hätte es Eile, ins Tal hinunterzukommen. Einen Augenblick blieben die Wanderer stehen, um auszuruhen. Sie waren vom raschen Gehen warm geworden. Die frische Luft kühlte erquickend die erhitzten Wangen. Tief unten im Tale blitzten hier und da Lichter auf, sonst war nichts zu sehen; einsame Stille ringsumher.

»Wenn uns Rosi jetzt sehen könnte!« sagte Nellie.

»Sie würde uns für verrückt halten«, meinte Fred.

»Was die Leute nicht verstehen, das halten sie allemal für verrückt«, erwiderte Onkel Heinz. »Wenn es nicht das Herkömmliche ist, blauer Himmel, heller Sonnenschein, grüner Wald, dann ist die Natur nicht schön, das kennt man ja. Die Menschen urteilen eben nach dem Äußerlichen; sich in etwas zu vertiefen ist zu langweilig, darum lassen sie es lieber. Das ist nun einmal nicht anders.«

Onkel Heinz hatte darin wohl trübe Erfahrungen gemacht. Auch ihn durfte man nicht nach dem Äußeren beurteilen; um ihn kennen und schätzen zu lernen, mußte man ihn genau studieren, und selbst dann blieb er noch oft unverständlich, davon konnte Ilse ein Liedchen singen. Doch heute fühlte sie sich sehr ge-

schmeichelt, daß der sonst stets absprechende Professor Gefallen an dem nächtlichen Ausflug fand, wie es sein Ausspruch soeben bewies. Nach ihrer Meinung mußte aber auch das härteste Gemüt bei dieser Umgebung in jene poetische Stimmung geraten, von der sie ganz erfüllt war.
Gegen zwölf Uhr sahen sie oben auf dem Bergrücken den Giebel eines Hauses auftauchen; einige Schritte weiter, und es erschienen die Fenster, auf denen das Mondlicht bläulich schimmernd lag. Allmählich wuchs das Haus immer höher aus dem Boden empor, bis sie dicht davor standen. Ein großer Kasten aus grauen Steinen, kahl und ernst. Der Wind rüttelte an den Hausläden vor den Fenstern und fuhr pfeifend um die Hausecken, in die krummgebeugten Föhren, durch die hohen Gräser. Drinnen lag schon alles im tiefsten Schlummer. Die Tür war verschlossen, und erst, als man eine Weile mächtig dagegen gehämmert hatte, wurde ein schlürfender Schritt im Hausflur hörbar, und die Tür tat sich auf. Die frühen und doch so späten Gäste mußten erst ziemlich lange warten, und sogar selbst Hand mit anlegen, bevor es gemütlich wurde, aber dann ließen sie es sich auch wohl sein im hellen Zimmer beim knisternden Holzfeuer im Ofen, beim Essen und Trinken, dem eine wohlige Müdigkeit folgte. Doch diese währte nicht lange, denn Frau Ilse war in Stimmung, und das gab den Ausschlag bei den übrigen. Sie sprach viel Vernünftiges und Unvernünftiges durcheinander, war sprudelnd, lebhaft, witzig und verstand es, die andern mit sich fortzureißen.
Nellies Blicke hingen wie verklärt an ihrem Manne, dem der Ausflug so gut zu bekommen schien. Die Kopfschmerzen waren ganz fort. Auch der Professor

war heute in seiner besten Laune, er stimmte in die Scherze der übrigen mit ein, war selbst der Heiterste und setzte allem die Krone auf, als er schließlich in poetischer Form eine Rede auf Ilse, die Urheberin dieses schönen Ausflugs, hielt. Sie wurde mit großem Beifall aufgenommen.

»Ich hätte gar nicht geglaubt, daß Sie so poetisch sein können, Onkel Heinz«, sagte Ilse, als sie sich für diese Aufmerksamkeit bedankte, und um ihre Mundwinkel zuckte es spöttisch.

»Wieso?« fragte der Professor erstaunt.

»Nun, einem so eingefleischten, nüchternen Junggesellen, wie Sie es doch sind, traut man alles eher zu als gerade Poesie. Ich dachte, Sie können nur über alles spotten und höhnen.«

Onkel Heinz sah sie ganz bestürzt an, er ahnte ja nicht, daß dieser Hieb die Rache dafür war, daß er seine Freundin, Frau Ilse, vorhin so herzhaft ausgelacht hatte.

Erst spät erloschen die einsamen Lichter in dem stillen Hause auf dem Schneekopf. Aber der sanfte Schein des Mondes spielte noch auf den Fensterscheiben, bis er im fahlen Dämmer des aufsteigenden Tages verblaßte und die glänzende Morgensonne seinen Platz einnahm.

Nur einmal noch in der Nacht ging jemand durch die Haustür, den Kopf dicht in den Rockkragen vergraben – es war Onkel Heinz. Unruhig schritt er auf und ab, blieb einige Male stehen und setzte sich dann auf einen der hohen Steine, eifrig seine Bartspitze zwirbelnd. Die harten Worte von Ilse heute abend hallten noch in ihm nach, sie hatten ihn tief geschmerzt, und er konnte deshalb keine Ruhe finden. Über seinem

Haupt jagten die Wolken, vom Sturm getrieben, am Mond vorüber, aber Onkel Heinz hatte jetzt keinen Blick für solche Naturschauspiele, und er bemerkte deshalb auch nicht, daß im östlichen Himmel ein roter Schein zu sehen war, der in fortwährender Bewegung bald feurig, bald blasser leuchtete und allmählich wieder verschwand. Lange noch blieb der Professor draußen.

Am Morgen erschien er erst, als die andern schon beim Kaffee saßen. Es sollte früh aufgebrochen werden Onkel Heinz war nicht in der besten Laune, er sagte, daß er schlecht geschlafen habe, und schimpfte auf alles. Die Betten seien zu kurz, das Zimmer sei bei geschlossenen Läden dumpfig gewesen, und als er sie geöffnet habe, hätten sie geklappert, und das helle Mondlicht habe ihn gestört.

»Herr Professor, seien Sie nicht böse!« sagte Nellie. »Sehen Sie doch, wie schön es draußen ist!« Sie zeigte hinaus in den goldenen Frühlingsmorgen.

»Ja, das kann mir auch nicht helfen, deshalb habe ich doch schlecht geschlafen«, erwiderte er mißmutig.

»Alter Freund, du bist wohl mit dem linken Fuß zuerst aufgestanden?« fragte Leo, indem er ihm auf die Schulter klopfte.

»Dummheit, solches Altweibergeschwätz auch nur zu wiederholen!«

Es war nichts mit ihm anzufangen heute morgen, trotzdem er von allen Seiten um der schlaflosen Nacht und der andern Störungen willen lebhaft bedauert wurde.

Brummend stieg er mit auf den Aussichtsturm, und obgleich er sagte, daß es überhaupt ganz gleichgültig sei, wie dieser oder jener Berg heiße oder dieses oder

jenes Dorf, es komme nur auf den malerischen Eindruck an, so stritt er doch bei allem, was gesagt wurde, besonders wenn Gontrau etwas behauptete.
Ilse, die ahnte, daß sie wohl die Schuld an seiner üblen Laune habe, hatte ihm innerlich schon die schönsten Beinamen gegeben, wie »alter Junggeselle«, »Brummbär« und dergleichen mehr, aber sie schlug doch einen neckischen Ton ihm gegenüber an, in der Hoffnung, ihn dadurch umzustimmen.
Lustig verließ die kleine Gesellschaft etwas später den Schneekopf. Der Himmel hatte sich inzwischen bewölkt, der auf der Höhe nie rastende Wind trieb mit den Wolken sein Spiel, blies den blauen Rauch aus dem Schornstein auseinander, rüttelte an dem Eisengestell des Turmes und jagte hinter den Gestalten der Wanderer her, daß ihre Kleider und Mäntel flatterten. Zu dem Aufstieg in der zauberhaften stillen Mondscheinnacht war dieser wilde Morgen ein greller Gegensatz. Die schneidende Luft trieb Tränen in die Augen und blies die Backen feuerrot.
»Schneeluft«, sagte Althoff.
Er hatte recht; nicht lange und die Wolken hatten den ganzen Horizont bedeckt. Zuerst fielen nur einzelne weiße Flocken hernieder, dann aber wurde es ein lustiges Gestöber, wie mitten im Winter. Locker und leicht legte sich der Schnee wie eine weiche Flaumdecke auf die Frühlingsflur, aber die Zweige und Halme beugten sich nicht mehr unter seiner Last; es war ja jetzt kein Ernst mehr mit dem Winter, der nächste warme Sonnenstrahl nahm ihn wieder mit fort.
An verschiedenen Stellen lag auch noch der Winterschnee fußhoch, und darüber mußten sie hinweg-

schreiten. Fast bei jedem Schritt sanken die Füße bis über die Knöchel ein, was ein Hauptspaß für Ilse war. Sie fand diesen »Winter im Frühling« herrlich und konnte ihr Entzücken nicht laut genug äußern, schon deshalb, weil sie bemerkte, wie Onkel Heinz sich höchst ärgerlich bis über die Ohren in seinem Rockkragen versteckt hatte, so daß nur die Bartspitze herausguckte, und leise vor sich hinbrummte, wenn er eine Schneefläche durchwaten mußte.
Auch Althoff war diese Art von Hindernis nicht angenehm. Nellie verfolgte seine Mienen mit besorgten Blicken, in denen zu lesen stand: wenn es ihm nur gut bekommt!
»Liebster, ich muß dir einen Kuß geben, so himmlisch finde ich es hier«, rief Ilse begeistert, Leo herzhaft küssend, und stampfte mutig weiter, umtanzt von den Flocken, die sich in ihre krausen Haare setzten.
»Onkel Heinz, finden Sie es nicht auch so schön?« rief sie herausfordernd und warf ihm eine Handvoll Schnee ins Gesicht.
»Kann ich nicht finden«, versetzte er unwirsch, nahm seine Brille ab und wischte die Gläser, die naß angelaufen waren, wieder trocken.
»Ein Unsinn, Gontrau, daß wir diesen Weg machen. Er ist viel weiter und schauderhaft schlecht; durch den Hirschgarten wären wir weit näher gegangen«, sagte er dann zu Leo.
Althoff und Leo bestritten das, aber Onkel Heinz blieb bei seiner Behauptung. Schließlich wurde die Generalstabskarte herausgeholt, und die drei Männerköpfe beugten sich darüber, bis Onkel Heinz zugeben mußte, daß er unrecht hatte. »Die Juristen müssen ja immer alles besser wissen«, sagte er.

»Und die Zoologen sind immer streitsüchtig«, entgegnete Ilse schlagfertig. Leo aber erwiderte lachend: »Aber Heinz, du hast dich doch nun auf der Karte überzeugen müssen, daß dieser Weg der kürzere ist!«
»Sie sind meistens falsch, die Karten, und mir deshalb gar nicht maßgebend«, entgegnete der Professor in unerschütterlicher Streitsucht.
Nun wurde es Ilse zuviel, das Maß war voll und lief über. Alle Beinamen, die sie ihm am Morgen innerlich gegeben hatte, wiederholte sie jetzt laut. Er mußte anhören, daß er ein alter Brummbär sei, der jede Gemütlichkeit störe, und daß er doch froh sein sollte, wenn zwei so nette Ehepaare, wie sie und Althoffs seien, ihn alten wunderlichen Junggesellen in ihrer Mitte duldeten. Sie begreife Leo in der Tat nicht, warum er sich die ewige Schulmeisterei gefallen lasse, sie hätte sich diese schon lange nicht mehr von ihm bieten lassen.
»Gott sei Dank, daß Sie keine Frau haben, Onkel Heinz! Die Ärmste würde ich bedauern«, schloß sie ihre Strafpredigt, die den andern höchst komisch erschien, denn sie lachten laut darüber, von dem Professor aber sehr ernst aufgenommen wurde.
Er sah sie ganz verdutzt an, als sie so lossprudelte, sagte aber nichts dazu, sondern zog sich seinen Rockkragen noch fester über die Ohren, die Mütze tiefer in die Stirn und schritt weiter.
»Seien Sie froh, Professor, daß Sie nicht verheiratet sind! Denn so machen es die Frauen, sie halten immer Gardinenpredigten!« versuchte Althoff zu scherzen, aber Onkel Heinz blieb unempfindlich gegen alles, stumm und in sich versunken ging er weiter.
Gegen Mittag hörte das Schneien auf, die Wolken

zerrissen, der blaue Himmel kam wieder zum Vorschein, und als sie unten im Tal ankamen, schien die Sonne hell auf die blühende Frühlingslandschaft. In dem zarten Laub hingen noch unzählige funkelnde Regentropfen, der samtweiche Moosboden glänzte unter dem schimmernden Naß, und auf den Wiesen, die sich als eine weite, grüne Fläche bis zum nächsten Dorf hinzogen, glitzerten zwischen Halmen und Gräsern feuchte Perlen; die Natur schien unter Tränen zu lächeln.

Als die Wandernden den schmalen Wiesenpfad verließen, der in die Dorfstraße einmündete, sahen sie schon von weitem eine dunkle Masse sich unruhig hin und her bewegen, über die hinweg ein bläulicher Rauch in die Höhe zog. Unter den Tränen, die hier noch in den Augen erglänzten, gab es kein Lächeln; mit rauher Hand hatte das Schicksal eingegriffen und den Bewohnern Schrecken und Kummer gebracht. Der rötliche Schein am Himmel in der letzten Nacht, der bis zum Schneekopf geleuchtet und den Onkel Heinz nicht bemerkt hatte, war der Widerschein des großen Feuers gewesen, dem zwanzig Häuser zum Opfer fielen. Ein wüster Trümmerhaufen, aus dem es noch hier und da schwelte und der seinen Brandgeruch weithin verbreitete, war fast alles, was den Ärmsten von ihrer Habe geblieben war. Auf dem regendurchweichten Wege stand das wenige, das hatte gerettet werden können: ein paar Stühle, Tische und Schränke, ein Bündel Betten und Kleider, armselige Sachen, schlecht und halb zerfallen, und doch von großem Werte für ihre Besitzer, die sie immer von neuem betrachteten und prüften, ob ihnen auch nichts geschehen sei. Glücklicherweise war kein Menschenleben zu beklagen, aber das meiste Vieh, Kühe, Ziegen, Schweine, war ein Raub der Flammen geworden. Der Pastor und der Ortsvorsteher versuchten den Jammernden Mut einzuflößen. Laut weinend standen die Weiber umher, ängstlich an sie gedrückt die Kinder, bleich und verstört sahen die Männer aus.

Das war ein trauriger Abschluß des schönen Ausflugs, und ein beschämendes Gefühl schlich sich in die Seelen der Freunde bei dem Gedanken, daß sie die Nacht in Lust und Fröhlichkeit zugebracht hatten, während nur wenige Stunden von ihnen entfernt das Unglück in so verheerender Weise hauste. Das trübe Bild verwischte denn auch sofort alle Eindrücke der letzten Stunden, man dachte an nichts als an das Feuer, von nichts andrem mehr war die Rede. In dem kleinen Wirtshaus, wo ihnen in aller Eile ein Mittagessen hergerichtet wurde, sah alles verschlafen und übernächtigt aus, im Bett hatte ja in dieser schrecklichen Nacht niemand gelegen, jeder war in hellster Aufregung gewesen.

Eintönig verlief das Mahl. Der Wirt, der sich zu ihnen gesetzt hatte, erzählte den genauen Hergang des Brandes. Wie das Feuer entstanden war, wußte kein Mensch, doch hatte sich jeder seine eigene Geschichte darüber zurechtgemacht. Der eine wollte wissen, daß eine Frau mit einer brennenden Kerze auf den Dachboden gegangen sei, ein andrer, daß es durch Kinder entstanden sei, und wieder andere zwinkerten geheimnisvoll mit den Augen und munkelten, daß es »angesteckt« sein müsse. So meinte auch der Wirt, der sogar einen Racheakt dahinter vermutete. Ein Knecht, der von seinem Bauern vor einigen Tagen fortgejagt worden war, Drohungen ausgestoßen und sich noch einige Tage im Dorf umhergetrieben hatte, dann aber plötzlich verschwunden war, sollte am vorigen Abend gesehen worden sein. Auf ihn lenkte sich der Verdacht. Nun, in der Untersuchung würde es ja herauskommen, wer der Anstifter gewesen sei, schloß der Wirt seine Rede.

Nach dem Essen wurde der Brandplatz noch einmal aufgesucht. Althoff und Gontrau besichtigten die Brandstätte zusammen mit dem Pastor, Nellie und Ilse gaben den Frauen einiges Geld und sprachen tröstende Worte zu ihnen, die Ilse nichtig erschienen. In diesem Augenblicke, in dem den Leuten alles genommen war, konnte ihnen nur durch die Tat geholfen werden, denn auch die besten Trostesworte würden ihnen das Verlorene nicht wiederbringen. Hilfe mußte auf jeden Fall geschaffen werden. Ja, aber wie? Das war die Frage, die sich jeder einzelne stellte, als Ilse auf dem Heimwege die Rede darauf brachte. Mit wenigem war hier nichts auszurichten. Allerhand Vorschläge wurden gemacht und wieder verworfen. Nellie riet zu einem Basar, aber vor nicht langer Zeit hatte erst einer zum Besten der Waisenkinder stattgefunden, da würde jetzt wohl ein zweiter nicht viel Anklang finden. Althoff wollte ein Schülerkonzert veranstalten. Das war schon eher etwas. Ilse meinte, man sollte einfach sammeln. Onkel Heinz aber sagte gar nichts; er schwieg zu allem und sah auf der Eisenbahnfahrt hartnäckig zum Fenster hinaus. Man war jedoch viel zu sehr mit dem neuesten Ereignis beschäftigt und schenkte seiner Schweigsamkeit deshalb keine Beachtung. Die Vorschläge wurden nochmals überlegt und geprüft, bei dem einen war dies, beim andern jenes auszusetzen. So recht schien noch keiner zu ge-

fallen, als Leo plötzlich auf den Einfall kam, eine Liebhabervorstellung im Theater zu geben.
Das Wort wirkte zündend, besonders auf Ilse, welche den Gedanken mit Begeisterung ergriff. »Ein herrlicher Einfall!« rief sie ein über das andre Mal, und auch die übrigen stimmten ihr bei, ausgenommen Onkel Heinz, dessen spöttisches Zucken um die Mundwinkel Ilse glücklicherweise nicht bemerkte. Sie war Feuer und Flamme. Eine Liebhabervorstellung war etwas ganz Neues, das mußte ziehen. Sicher würde man ihnen zu diesem guten Zweck gern das Theater überlassen, meinte Leo, und Ilse drängte, daß er schon gleich morgen Schritte dazu tun sollte. Sie konnte es kaum mehr erwarten, bis die Geschichte in Gang kam.
Nun aber war die wichtige Frage, die natürlich auch sofort erörtert wurde: »Welches Stück?« Das war gar nicht so einfach, denn was für Schauspieler gut und passend war, brauchte für Liebhaber noch lange nicht geeignet zu sein. Da gab es mancherlei zu bedenken und zu überlegen. Wenn der eine dies oder jenes Stück vorschlug, hatte wieder der andre alles mögliche daran auszusetzen, und so ging es fort, ohne daß sie zu einem Schluß kamen.
»Herr Professor, wissen Sie denn kein Stück, das Liebhaber spielen könnten?« fragte Althoff endlich den schweigsamen Onkel Heinz, der die Telegraphenstangen zu zählen schien, so beharrlich sah er aus dem Fenster.
Da kam der Direktor aber an den Rechten; für Komödienspiel hatte der Professor nie viel übriggehabt. »Mit Theaterstücken weiß ich nicht Bescheid, ich habe mein Lebtag mehr zu tun gehabt, als solche Narrheiten zu treiben«, war die scharf betonte Antwort.

»Hu, wie grob!« Althoff kannte aber Onkel Heinz hinreichend und war weit davon entfernt, ihm seine unfreundliche Antwort übelzunehmen. Er lachte darüber, und die andern lachten auch, bis auf Ilse, die dem Professor einen Blick zusandte, der sehr beredt war. –

Der Mond strahlte wieder ruhig und sanft, als die beiden Ehepaare und der schweigsame Hagestolz vom Bahnhof nach Hause gingen. Beim Anblick des milden Lichtes hoch über ihnen kehrte die Erinnerung an den gestrigen Abend lebhaft zurück und verdrängte für einige Zeit das Erlebnis. Es war doch herrlich gewesen, draußen im Mondschein zu wandern, der heller und reiner gestrahlt hatte als heute abend bei der nebligen Luft, die über der Stadt lagerte und ihn nicht zur vollen Wirkung kommen ließ. Matt lag er auf den Schieferdächern, auf den hellen Hauswänden und den grauen Straßen, an den erleuchteten Fenstern erlosch er ganz bis zum blassen Schimmer.

Onkel Heinz verließ die übrigen nach kurzem Gutenachtgruß an der Straße, die nach seinem Hause führte. Einsam verhallten seine Schritte in der stillen Nacht.

Mit einem wahren Feuereifer betrieb Ilse die Vorbereitungen zu der Wohltätigkeitsveranstaltung. Leo hatte am Tag nach dem Ausflug das Nötigste besorgt, und das Theater war ihm zu diesem Zweck gern überlassen worden. Täglich wanderten Stöße von Büchern aus der Leihbibliothek in das Gontrausche Haus, jeden freien Augenblick benutzte Ilse, um zu lesen, zu wählen. Nachmittags kam regelmäßig Nellie, und der Abend wurde dazu verwendet, um bei ihr oder Gontraus großen Kriegsrat zu halten. Wen die Sache aufs höchste interessierte, das war Ruth. Mutter und Vater wollten Theater spielen, darin lag für sie ein großer Zauber. Schon einige Male war sie in Kindervorstellungen gewesen, dann hatte sie aber vor Aufregung nicht einschlafen können, und die nächsten Tage wurde nichts anderes gespielt als Theater. Leo hatte schließlich verboten, sie wieder mitzunehmen, aber das, was sich in ihrem kleinen Hirn weiter fortspann, konnte er doch nicht verhindern. Heimlich stellte sie sich vor den Spiegel, ordnete die Haare phantastisch, sprach oder sang laut und begleitete Rede und Gesang mit lebhaftem Mienenspiel. So trieb sie es eine Zeitlang, bis andre Eindrücke diesen in ihrer jungen Seele verwischten. Jetzt erwachte der Sinn dafür plötzlich wieder, sie achtete mit neugierigen Augen und Ohren auf alles, was die Eltern sprachen. Das glänzende Haus mit den vielen Lichtern, der geheimnisvolle Vorhang, der sich beim Klingelzeichen aufgerollt und sie in eine Märchenwelt eingeführt hatte mit all ihrem bunten Glanz und Flimmer, das stand wieder deutlich vor ihrem Geist, und sie war ganz erfüllt von dem Kommenden. Auch der Schwester versuchte sie etwas von dem zauberhaften Reiz des Theaters beizubringen. Vergebens! Marianne sah sie mit ihren großen blauen Augen verständnislos an, die hatte mehr Sinn dafür, ihre Puppen wie eine richtige kleine Mutter zu hegen und zu pflegen. Ruth hingegen führte mit denen, die ihr gehörten, allerhand Komödien auf, und wenn deren Zahl in ihren Vorstellungen nicht ausreichte, dann nahm sie in ihrem Eifer Mariannes Puppen, die meistens gerade schliefen oder krank im Bett liegen mußten, und schleppte sie aus ihrem behaglich stillen Leben mitten zwischen ihr Theatervolk hinein. Tränen, Streit und ein Richterspruch von Ilse bildeten meist den Schluß.

Nach langem Wählen hatte man sich endlich für drei Einakter entschieden: »Die Jugendliebe« von Wildbrandt, »Das erste Mittagessen« von Görlitz und die »Hochzeitsreise« von Benedix. Die Stücke hatte man nun glücklich, doch jetzt kam etwas nicht minder Wichtiges, für das zu sorgen war, nämlich die Darsteller. Mit wieviel Schwierigkeiten da zu kämpfen ist, kann nur derjenige nachfühlen, der einmal eine Liebhabervorstellung zustande gebracht hat.

Im Geiste hatten die beiden Freundinnen schon alle Rollen besetzt, und wie Ilse glaubte, brauchte man nur an die Türen zu klopfen, um gefällige Mitwirkung zu bitten, und mit Freuden würde jeder einwilligen, sich für einen so guten Zweck herzugeben.

Deshalb wanderten auch die beiden Freundinnen eines Tages wohlgemut los, um sich ihre Künstlerinnen zusammenzuholen.

Ihr Mut sank schon nach den ersten Versuchen um etliche Grad tiefer, und Ilse hatte sich bereits einige Male sehr lebhaft über die kleinlichen, engherzigen Ansichten der Menschen ergangen.

»Theaterspielen auf einer öffentlichen Bühne!« Das war fast in allen Häusern dasselbe Stichwort, und ein gewisses Nasenrümpfen dabei brachte Ilses Blut in Wallung.

»Nein, meine Liebe«, sagte zum Beispiel Frau Soundso, »das können Sie nicht von meinen Töchtern verlangen, daß sie sich der öffentlichen Kritik aussetzen!«

»Ja, aber Ihre Töchter reichten doch im Basar Bier

und Brötchen herum!« gab Ilse zur Antwort. »Haben sie sich denn da nicht auch der öffentlichen Kritik ausgesetzt?«
»Ja, sehen Sie, das war doch nicht im Theater, das ist etwas ganz andres.«
Inwiefern das »etwas andres« war, konnte Ilse nicht herausbekommen, trotz einer längeren Erklärung der Dame, die es wohl selbst nicht wußte. Die beiden gaben jeden weiteren Versuch auf.
Ilse war schon ganz kleinmütig geworden und wollte die Sache aufgeben. Sie kam sich vor, als ginge sie an den Türen betteln und würde überall abgewiesen. Der gute Zweck allein hatte ihnen doch den Gedanken an eine Aufführung eingegeben, und mit freudigem Herzen hatten sie das Werk begonnen. Aber die viel ruhigere Nellie gab die Sache noch lange nicht auf.
»So leicht geht das nicht! Fred meinte das gleich. Nur Mut, Darling!« tröstete sie.
Bei der nächsten Anfrage hatten sie denn auch wirklich mehr Glück, ja der Plan wurde sogar mit großer Begeisterung aufgenommen. Man tat gern etwas für die armen Leute, von deren Unglück die Zeitungen schon viel berichtet hatten. Die Dame, die ihre Zustimmung gab, die sich wie ein lindernder Balsam auf Ilses leidenschaftliche Erregung legte, war allerdings schon in den Jahren, wo ein junges Mädchen anfängt, »ein älteres junges Mädchen« zu werden, aber im Vergleich zu ihren beiden noch älteren Schwestern und ihrer betagten Mutter blieb sie doch immer die Jüngste und wurde »das Kind« genannt. »Das Kind« hatte eine schöngeistig angelegte Natur, es dichtete sogar in stillen Stunden, hatte reges Interesse für das Theater, selbst – »mit vielem Talent«, wie die Schwestern ein-

schalteten – schon oft gespielt und war gern bereit eine Rolle zu übernehmen.
»Vielen, vielen Dank für Ihre liebenswürdige Zusage, Fräulein Born!« sagte Ilse mit einem herzlichen Händedruck beim Fortgehen und versprach ihr, bald Nachricht zu geben, wann die Leseprobe stattfinden sollte.
»Das alte Fräulein kann die taube Tante in der Jugendliebe geben«, sagte Ilse draußen zu Nellie, während das »alte Fräulein« drinnen bereits mit der jungen Frau in der »Hochzeitsreise« liebäugelte. Die Schwestern meinten sogar, sie könne auch noch sehr gut den Backfisch in der Jugendliebe spielen, sie habe das richtige Temperament dazu.
Ilse war hocherfreut über den Erfolg in diesem Hause; sie dachte mit keinem Gedanken daran, daß dieser gefangene Fisch noch gewaltig im Netze zappeln werde, wenn sich ihm das Schicksal in Gestalt der »tauben Tante« nahte.
Bei Doktor Schmidt, dem gemeinschaftlichen Hausarzt von Althoffs und Gontraus, klopften sie auch nicht vergeblich an. Die Eltern hatten nichts dagegen, und die beiden Töchter nahmen das Anerbieten mit großer Lebhaftigkeit auf. Sie versprachen, auch noch eine Freundin mitzubringen, ein frisches Mädchen, das gewiß gern eine Rolle übernehmen würde.
Der Rundgang konnte nun als beendigt gelten, da die Rollen so ziemlich besetzt waren. Für die Herren sorgten Althoff und Gontrau. Bei ihnen ging es viel einfacher als bei den Damen; ein Ja oder Nein, und die Sache war abgemacht.
Ilse und Nellie erzählten, als sie heimgekommen waren, beim Mittagessen ihren Männern die Erlebnisse

des Vormittags. Ilses Begeisterung, die vorher den höchsten Gipfel erreicht hatte, war doch schon herabgesunken. Sie hatte geglaubt, ein jeder würde den Gedanken mit ihren Augen ansehen, und an etwaige Hindernisse, die in den Weg kommen könnten, dabei nicht gedacht. Nach der Leseprobe aber überzeugte sie sich noch mehr, daß es nicht so schön und leicht ist, eine Liebhaberaufführung zustande zu bringen, wie sie es sich ausgemalt hatte, und Leo mußte ihr immer wieder Mut machen. Er übernahm die Regie, Althoff war Inspizient und Requisitenmeister.
Endlich fand die Leseprobe statt. Die »taube Tante« in der »Jugendliebe« wurde mit Entrüstung von Fräulein Born zurückgewiesen, und die beiden Fräulein Schmidt zogen lange Gesichter, als ihrer Freundin, die sie doch erst eingeführt hatten, die reizende Backfischrolle der Adelheid in der »Jugendliebe« gegeben wurde. »Ach, das Dienstmädchen soll ich spielen?« sagte Erna, die älteste Schmidt, in langgezogenem Tone, und ihre Schwester Mieze meinte, die Rolle der sanften »Betti« in der »Jugendliebe« passe ihr auch nicht recht und sei doch zu kurz.
Da stiegen schon wieder Wolken auf, und erst, nachdem Leo ziemlich bestimmt seine Rechte als Regisseur geltend gemacht hatte, kam die Sache etwas in Gang. »Ja, meine Damen«, hatte er gesagt, »wenn Sie sich nicht in die Rolle fügen wollen, die ich Ihnen bestimme, dann wird aus der Geschichte nichts. Wir müssen vor einem großen Publikum auftreten und wollen uns doch nicht bloßstellen.«
Das war ziemlich deutlich, niemand wagte dagegen etwas einzuwenden, und es wurde mit verteilten Rollen gelesen. Ilse sollte die junge Frau im »Ersten Mit-

tagessen« geben, Nellie die in der »Hochzeitsreise«; die beiden Ehemänner wollte Gontrau spielen. Althoff hatte es abgelehnt, mitzuwirken, aber er wollte bei den Proben zugegen und ein scharfer Kritiker sein.

Am Tage nach der Leseprobe erhielt Ilse zwei Briefchen. Ahnungslos öffnete sie diese, aber gleich darauf erschien sie beinahe weinend bei Leo, der gerade tief in Arbeit steckte, da er voraussah, daß ihm in den nächsten Tagen wenig Zeit für sich übrigbleiben würde. »Was gibt's denn schon wieder?« fragte er ärgerlich über die Störung.

»Da, hier lies!« rief Ilse. »Fräulein Born will die taube Tante nicht spielen, und dann schreibt mir auch Erna Schmidt, ihre Mutter wünsche nicht, daß sie als Dienstmädchen vor die Öffentlichkeit trete. Wenn sie später wieder mit den ihr bekannten Herren auf den Bällen zusammentreffe, könnte das zu Mißverständnissen führen. Was sollen wir nun tun? Es wird ja nichts, es wird sicher nichts, Leo! Laß uns die Sache aufgeben!« sagte sie jammernd.

Zur rechten Zeit erschien Nellie, und es gelang ihr im Verein mit Leo, Ilse zu trösten und zu beruhigen, bis diese schließlich auf dem Standpunkt der beiden anlangte und sich mit ihnen zusammen über alles lustig machte, denn im Grunde genommen war es doch höchst belustigend, die Menschen auch einmal bei solcher Gelegenheit kennenzulernen.

Nellie überbrachte einen Vorschlag ihres Gatten, der mit Gontraus Einwilligung bereit war, einen Prolog zu verfassen.

»Herrlich, herrlich!« rief Leo. »Und wie wäre es, wenn wir Fräulein Born als Köder den Prolog gäben, damit sie uns dann die taube Tante spielt?«

»Oh, das tut sie, das tut sie gewiß!« meinte Nellie.
»Ja, und das Dienstmädchen im ›Ersten Mittagessen‹, wer wird das übernehmen?« fragte Leo.
»Das spiele ich und überlasse Erna Schmidt die junge Frau in demselben Stück«, sagte Ilse plötzlich. »Die Rolle des Dienstmädchens ist ja eigentlich viel hübscher. Daß ich daran nicht gleich gedacht habe!«
»O wie schade! Du würdest als junge Frau so nett sein«, sagte Nellie. »Kann nicht ich das Mädchen spielen? Aber ein Dienstmädchen mit englischem Akzent paßt wohl nicht?«
Nein, nein, wie Ilse sagte, sollte es bleiben, sie übernahm die Rolle des Dienstmädchens.
Beide Freundinnen machten sich nun abermals auf den Weg, um die verlorenen Kräfte wieder einzufangen.
Erna wollte mit Freuden die Rolle der jungen Frau spielen, und mit einigem Zureden gelang es auch, Mieze zu überzeugen, daß die Rolle der sanften Bettie in der »Jugendliebe« zwar klein, aber doch sehr hübsch sei.
Gott sei Dank, das war in Ordnung gebracht!
Etwas schwieriger war es bei Fräulein Born. Die jungen Frauen wurden von den beiden älteren Schwestern empfangen, das »Kind« war in der Singstunde, mußte aber jeden Augenblick kommen. Steif und unnahbar saßen die beiden Fräulein Born da, und die Unterhaltung mit ihnen bereitete einige Verlegenheit. Die »taube Tante« flog wie ein Fangball zwischen beiden Parteien hin und her. Die ältlichen Schwestern meinten, zu einer solchen Rolle sei denn das »Kind« doch noch zu jung, warum gerade sie diese Rolle spielen sollte, während Ilse ihnen ziemlich heftig deren Vorzüge auseinandersetzte.

Das »Kind« erschien, und mit aller Entschiedenheit wies sie die »taube Tante« von sich, indem sie erklärte, überhaupt nicht mitspielen zu wollen.
»Oh«, rief Nellie mit gut geheucheltem Bedauern, »mein Mann hat einen schönen Prolog gedichtet und hoffte, daß Sie ihn als Muse sprechen würden! Wie schade, daß Sie nicht mitwirken wollen!«
»Einen Prolog?« fragte Fräulein Born einlenkend, und über ihr Gesicht ging es wie ein Leuchten. Sie sah sich im Geiste schon als Muse dastehen, weißes Gewand, klassischer Faltenwurf, grüner Efeukranz auf dem griechischen Haarknoten. Das war etwas, ja, das war das Richtige für sie. Ohne langes Zögern gab sie ihr Jawort und erklärte sich nun ohne weiteren Widerspruch bereit, die »taube Tante« mit in Kauf zu nehmen. Schließlich, damit tröstete sie sich, war es doch nur eine große Selbstverleugnung von ihr, die Rolle einer Alten zu spielen, und das würde man auch gewiß allgemein anerkennen.
Mit einem Seufzer der Erleichterung gingen die beiden jungen Frauen wieder aus dem Hause; vor diesem Gang hatten sie besonders große Angst gehabt.
Die Aufregungen, in die ein lebhaftes Gemüt durch solche Vorbereitungen versetzt wird, blieben auch bei Ilse nicht aus; wachend und schlafend beschäftigte sie sich nur mit dem Theater, nachts hielt sie öfters längere Selbstgespräche, bald heiterer, meist aber angstvoller Art. Daß sie die Sache auf die leichte Schulter nahm, konnte man nicht behaupten, sie litt große Angst, ob alles gutgehen werde.
Einige Proben waren bereits bei Gontraus im Hause gewesen, heute sollte nun die erste auf der Bühne stattfinden.

»Mutter, laß mich mitgehen!« bettelte Ruth mit glänzenden Augen, aber Ilse wies ihre Bitte zurück. Kinder konnte man nicht auch noch gebrauchen, wo sowieso schon alles etwas kunterbunt herging; sie wurde deshalb bis zur Hauptprobe vertröstet. Laut weinend lief Ruth ins Kinderzimmer zu Marianne und klagte dieser ihr Leid, die so etwas nicht begreifen konnte.

Das Theater, von der Bühne aus gesehen, kannte fast keiner der Mitwirkenden, und mit neugierigen Blicken wurde es deshalb gemustert. Heute sah es ganz anders aus, als wenn es abends bei den Vorstellungen im hellen Lichterglanze strahlte. Der Vorhang war hochgezogen, dunkel und tot lag der Zuschauerraum vor ihnen, den sonst das vielköpfige Publikum belebte, das auf den roten, jetzt mit grauen Hüllen überzogenen Samtsitzen saß und sich über die verzierten Brüstungen lehnte. Da wurde sonst geplaudert, gelacht, kritisiert, man sah heitere Gesichter, wenn es ein Lustspiel gab, und traurige, wenn die Muse ernst war. Blicke wurden ausgetauscht, und manches Opernglas richtete sich nach dem Platz, auf dem ein blühendes junges Mädchenantlitz zu sehen war. Wie bekannt erschien das alles und doch wieder wie fremd! Man zeigte sich untereinander die Plätze, wo man auch oft gesessen und erwartungsvoll nach dem Vorhang geschaut hatte, hinter dem sie nun diesmal selbst stehen sollten, um vor den neugierigen Blicken der großen Menge draußen zu erscheinen. Etwas Herzklopfen machte sich bei diesem Gedanken bemerkbar, einige beschlich schon heute das Lampenfieber. Als man das Interesse der Bühne zulenkte, wurde diese von allen Seiten betrachtet. Nüchtern, öde, geschäftsmäßig sah es hinter den Kulissen aus. Das hatten sich die meisten doch anders gedacht. Man mußte sich in acht nehmen, nicht über Geräte und Stricke zu stolpern, und wie grellfarbig erschienen die Kulissen, die abends beim Lampenscheine so wunderbar wirkten und die Natur täuschend nachahmten. Ein bühnenkundiger Herr zeigte die Donnermaschine, ließ es regnen und den Wind unheimlich heulen, erklärte den Schnürboden, stieg in die Versenkung, kam wieder herauf und konnte die vielen wißbegierigen Fragen, die an ihn gestellt wurden, kaum alle beantworten. Aber trotz mancher Enttäuschung über den Blick hinter die Kulissen blieb doch die Wirkung des gewissen »Etwas«, das man Theaterluft nennt, nicht aus, die der eine mehr, der andre weniger empfand. Ilse atmete sie mit vollen Zügen ein; Fräulein Born aber war vor die Rampe getreten und probierte im Geiste ihre Stellung als prologsprechende Muse. Mit schwärmerischen Augen sah sie in das leere Haus.

Leo ließ dem Treiben eine Weile freien Lauf, die Neugierde mußte erst befriedigt sein. Dann begann er mit der Probe. Die Nichtbeteiligten und Direktor Althoff saßen verteilt in den Parkettreihen, gespenstisch leuchteten die weißen Gesichter in der Dunkelheit.

Zuerst sollte der Prolog gesprochen werden. Das »Kind« überkam ein leises Zittern, als jetzt das Klingelzeichen ertönte und sie nun sprechen mußte. Leise, mit unsicherer Stimme fing sie an.

»Lauter, lauter!« rief Leo aus den Kulissen hervor. Als Echo ertönte im gleichen Augenblick dieselbe Mahnung von Althoff, und auch aus den hintersten Reihen des Parketts ließ sich eine Stimme vernehmen: »Man versteht hier kein Wort, nichts ist zu hören!«

Fräulein Born wurde verwirrt, fing an zu holpern und

mußte auf Leos Geheiß noch einmal von vorn anfangen. Sie war empört darüber. Zu Hause hatte sie den Prolog den Schwestern und der Mutter verschiedene Male vorgesprochen, sie waren entzückt gewesen. Und nun diese Zurechtweisungen! Als aber gar an ihrem Ausdruck, an der Betonung, die sie über allen Zweifel erhaben glaubte, ohne Schonung herumgetadelt wurde, da brach es los; sie konnte die aufsteigenden Tränen nicht zurückhalten, das »Kind« fing an wie ein Kind zu weinen.

Siedendheiß überlief es Ilse, der Anfang war gut! Doch es half nichts, der Kelch mußte geleert werden, wenn er auch noch so bitter war.

So lief sie denn hinter die Kulissen und suchte Fräulein Born auf, die schluchzend in der Garderobe saß.

»Ich bitte Sie, liebes Fräulein, warum weinen Sie denn?« redete ihr Ilse zu.

»Soll ich da nicht weinen, wenn ich öffentlich bloßgestellt werde?« gab Fräulein Born außer sich zur Antwort.

»Das ist doch keine Bloßstellung! Mein Mann meint es nur gut«, tröstete Ilse krampfhaft, aber ihre Worte waren in den Wind gesprochen.

»Es wäre besser, ich spielte gar nicht mit, wenn ich es doch zu schlecht mache. Gerade mein Vortrag wurde immer besonders gerühmt, und meine Schwestern fanden, daß ich den Prolog mit sehr viel Ausdruck spreche; aber wenn man nur Tadel und kein Lob hört, verliert man alle Lust.«

Ilse konnte gegen diesen Ausbruch, den sie einige Male unterbrechen wollte, nicht aufkommen, auch flossen die Tränen eher noch reichlicher als zuvor.

In ihrer Verzweiflung ging sie zu Leo, der von der

Unterbrechung keine Notiz genommen hatte. »Um Gottes willen, sei vorsichtig mit deinen Äußerungen!« sagte sie nervös zu ihm. »Die Born sitzt in der Garderobe und weint und will nicht mitspielen; du hast sie furchtbar beleidigt.«

»Ach, dann laß die alte Schachtel nur! Sie spricht ja auch gräßlich«, gab er eilig zur Antwort.

»Was sollen wir tun? Wir haben doch keine andre.«

»Sie wird sich schon wieder trösten, Schatz«, sagte Leo flüchtig; er hatte jetzt keine Zeit, denn die Probe zur »Jugendliebe« sollte im Augenblick beginnen.

Der Inspizient, Direktor Althoff, mußte verschiedene Male an die Tür von Fräulein Borns Garderobe klopfen, bevor diese sich öffnete und das »Kind« auf der Schwelle erschien, mit geröteten Augen und mit den Blicken einer erzürnten Göttin.

Ilse war froh, als die gekränkte Muse wieder sichtbar wurde; sie hatte schon geglaubt, daß diese im Ernst ihre Drohung ausführen und nicht mitspielen würde. Leo, der auch jetzt nicht die geringste Notiz von dem Vorhergegangenen nahm, wies Fräulein Born ihren Platz an. Marionettenhaft tat sie alles, was er sagte, und leierte die Rolle der »tauben Tante« in einem Ton herunter, der genügend von ihrem inneren Zustand verriet. Sie hatte sich in eine Art Entsagung begeben oder, besser gesagt, sie »muckte« wie ein störrisches Droschkenpferd, und selbst die Peitschenhiebe, deren Stelle in diesem Fall die Kritik ersetzte, konnten sie nicht aufrütteln.

»Viel mehr Ausdruck! Die Taubheit muß besser zur Geltung kommen!« rief Althoff ein über das andere Mal, und wirklich fing das »Kind« auf einmal an, die »taube Tante« sehr natürlich zu spielen, das heißt, sie schien nichts von dem zu hören, was ihr gesagt wurde.

Leo ließ sie denn für heute auch in Ruhe, als er merkte, daß alle seine Bemühungen vergeblich waren.

Ob nun der Stumpfsinn der »tauben Tante« die andern Mitspielenden ansteckte oder ob es an sonst etwas lag, kurz, es war kein Zug in der Geschichte. Steif und unbeholfen dargestellt, schlecht gelernt, wurde das reizende Lustspiel zu einer Karikatur herabgezogen. Leo und Althoff mußten immer tadeln und verbessern; aber trotzdem wurde alles verkehrt gemacht; es war ein schrecklicher Wirrwarr. Der Backfisch, der in den ersten Proben zu den besten Hoffnungen berechtigt hatte, war heute abend unausstehlich; er fand den richtigen Ton nicht und wirkte manchmal geradezu albern.

Leo bewahrte eine bewunderungswürdige Geduld, er zeigte immer wieder, ließ immer wiederholen, während Althoff schon längst auf seinem Sitz unruhig hin und her rückte.

»Wie soll das noch werden!« sagte Ilse seufzend zu Nellie, der es bei dieser Probe auch etwas bänglich zumute wurde.

Die Liebesszene zwischen »Adelheid« und »Ferdinand von Bruck« fiel glänzend ins Wasser, bei jeder Annäherung des Liebhabers zuckte der Backfisch wie von einer Viper gestochen zusammen, und bei der schüchternen Umarmung steckte er die Miene eines Opferlammes auf, für die Zuschauer ein höchst spaßhafter Anblick, für Leo aber auf die Dauer eine Qual. Er hatte es unzählige Male selbst vorgemacht, er hatte zugeredet, scherzend, liebenswürdig, ernst, aber nun

riß endlich sein Geduldsfaden, seine Stimme klang lauter, erregter, seine Worte wurden weniger gewählt. »So geht es nicht, liebes Fräulein, wenn Sie . . .« er verbesserte sich schnell und sagte: »wir so spielen, blamieren wir uns.«
Die »taube Tante« zeigte eine schadenfrohe Miene bei dieser Zurechtweisung. Gott sei Dank war sie nicht die einzige, die so angefahren wurde! Wenigstens ein schwacher Trost. Dem blonden Backfisch aber, der reizenden Freundin der beiden Schmidts, Erika Blum, stieg das Blut bis unter die hellen Haarwurzeln bei Leos Worten; einige Minuten später saß auch sie in der Garderobe, wie vorhin das »Kind«, weinend und schluchzend. Nummer zwei an diesem Abend.
Diesmal übernahm es Nellie, Trost zu bringen, aber Ilse war ihr gefolgt und ging nun erregt auf und ab, mit geteilten Gefühlen. Einesteils fand sie, daß Leo wirklich zu barsch geworden war, andererseits schien ihr die große Empfindlichkeit der Mitwirkenden geradezu lächerlich.
Das »Kind« war auch hereingeschlüpft, mit ihr die andern jungen Mädchen; sie mußten doch ebenfalls alles sehen und hören, was da vorging.
»Ach, weine doch nicht, Erika!« redete Mieze Schmidt ihr zu.
»Wir haben doch alle unser Teil bekommen, das nächstemal werden wir es schon besser machen.«
»Ja, es haben auch noch andre ihr Teil bekommen«, sagte Fräulein Born anzüglich mit spitziger Betonung. »Herr Gontrau nimmt keine besondere Rücksicht.«
»Na, ich fürchte mich schon vor dem nächsten Stück, wenn ich drankomme«, meinte Erna Schmidt. »Das kann heute noch gut werden!«

»Aber ich bitte Sie, meine Damen!« fuhr Ilse erregt dazwischen. »Wenn sie eben keinen Tadel vertragen können, wollen wir die Geschichte lieber aufgeben, die so viel Mühe und bis jetzt so wenig Freude gemacht hat.«
»Ihr Herr Gemahl wird nicht zufriedenzustellen sein«, erwiderte Fräulein Born, indem sie dabei an den Prolog dachte, den sie nach ihrer Meinung doch ausgezeichnet gesprochen hatte. »Ich spiele doch wahrhaftig nicht deshalb Theater, um mich nur zu ärgern; Ihr Herr Gemahl scheint zu glauben, daß er dumme Schulkinder vor sich hat.«
Hierauf gab Ilse eine erregte Antwort und verteidigte den Angegriffenen mit einer Heftigkeit, wie eine Löwin ihr Junges verteidigt. Ein Wort gab das andre, die übrigen mischten sich mit hinein, schließlich sprachen alle durcheinander, und nur einzelne Schlagworte, wie »nicht mitspielen«, »rücksichtslos« usw. tauchten wie Froschköpfe in einem Teiche aus diesen Redewellen auf. Die Garderobe war eng und klein und nur für zwei Personen berechnet, jetzt aber liefen sechs aufgeregte Menschenkinder durcheinander, deren Gebärdenspiel als verzerrte Schattenbilder an den weißgetünchten Wänden erschienen. Die hellen Lichter zu beiden Seiten des Spiegels und das dicht verhängte Fenster, durch das kein Luftzug dringen konnte, verursachten eine wahrhaft tropische Hitze in dem Raum; da war es denn kein Wunder, daß sich nicht nur die Gemüter, sondern auch die Köpfe erhitzten. Erika Blum saß auf dem einen der beiden einzigen Stühle, Nellie daneben auf dem andern und sprach ihr liebevoll zu. Die Tränen versiegten auch wirklich bald, und einige Male hatte sie sogar schon gelächelt.

Das Verschwinden der sämtlichen weiblichen Mitspielenden war schließlich Leo und Althoff aufgefallen; auch sollte mit dem zweiten Stück begonnen werden. Als sie jetzt in den Gang eintraten, in den die Damengarderoben mündeten, hörten sie durch die Tür ein lebhaftes Stimmengewirr, das sich von draußen wie das Summen vieler, in einer Schachtel eingesperrter Maikäfer anhörte. Alles Rufen, Klopfen, Rütteln an der verschlossenen Tür wurde von den eifrigen Streiterinnen vollkommen überhört; erst als das Klopfen zu einem donnerähnlichen Dröhnen anschwoll, glätteten sich die Wogen. Fräulein Borns Fläschchen, mit Kölnisch Wasser gefüllt, wanderte von einer zur andern, die Taschentücher wurden getränkt und mußten die Wangen kühlen Dann erst wurde die Tür geöffnet.

»Mein Gott, wo bleibt ihr denn!« fragte Leo seine Frau etwas ärgerlich, aber er verstummte, als er ihr bittendes und zugleich aufgeregtes Gesicht sah.

Die jungen Herren waren schon ungeduldig geworden und hatten nicht mehr viel Zeit, es mußte deshalb zu Ende geprobt werden.

Auch die beiden andern Stücke wurden nicht viel besser gespielt; es herrschte durchwegs keine besondere Stimmung, und soviel auch Leo redete und ermahnte, es ging eben heute nicht. Ilse spielte das Dienstmädchen im »Ersten Mittagessen« so tragisch, daß man über diese komische Rolle eher zu weinen als zu lachen versucht war. Der Darstellerin war es aber keineswegs lustig zumute; bei den fortwährenden unangenehmen Zwischenfällen konnte man unmöglich seine gute Laune behalten. Die junge Frau, Erna Schmidt, mußte ebenfalls noch viel vertrauter mit ihrer

Rolle werden, und Nellie sprach heute mit so starkem Akzent, daß es weit bemerkbarer war, als man erwartet hatte. Leo als Professor, zwei Referendare als Famulus und Stiefelputzer in der »Hochzeitsreise« ließen durch ihr Spiel die unter Null gesunkene Hoffnung auf das Gelingen der Aufführung wieder etwas steigen, es wurde sogar einige Male herzhaft gelacht.
Ilse lachte nicht mit, sie war im höchsten Grade aufgeregt. Zwischen den Kulissen stand die Born, im Kreise um sie herum die andern; sie sprach mit lebhaften Bewegungen und hochroten Wangen, und aus den Blikken, die oftmals nach Leo hinüberflogen, konnte man schließen, daß von ihm, und zwar nicht in der liebenswürdigsten Weise, die Rede war. Das alles bemerkte Ilse. Am liebsten wäre sie hingegangen und hätte die zischelnde Gruppe gesprengt; aber sie hielt an sich und war froh, als die Probe zu Ende war und sie mit Leo und Althoffs heimgehen konnte.
Der Direktor hatte unterwegs noch sehr viel auszusetzen, auch Ilse und Nellie mußten manche Rüge, manchen Tadel einstecken.
Immer höher schien der Berg zu wachsen, der sich heute abend schon als unüberwindliches Hindernis vor Ilses Augen aufgebaut hatte. In sechs Tagen schon sollte die Aufführung sein; das war ja ein Ding der Unmöglichkeit! Sie erzählte im Verein mit Nellie von den Szenen, die sich hinter den Kulissen, nämlich in der Damengarderobe, abgespielt hatten.
Leo lachte, und Althoff meinte, ohne Zank könne es bei den Weibern nun einmal nicht abgehen.
Ilse ließ ihren Tränen freien Lauf; sie war abgespannt und nervös von der Unruhe der letzten Tage, es kam so vieles zusammen.

»O Darling, du mußt dir die Sache nicht so zu Herzen nehmen!« beruhigte Nellie. »An allem ist die dumme Born schuld. Was war sie giftig in der Garderobe!«
Ilses Kummer mußte sich austoben. Der einzige, der ihr recht gab und dergleichen auch höchst ärgerlich fand, war Althoff; er stimmte ihr vollständig bei, während Leo die Sache von der komischen Seite auffaßte.
»Paß auf, morgen bekommen wir wieder einige Absagebriefchen!« sagte Ilse. »Was machen wir dann?«
Leo lachte sie aus. »Im Gegenteil, sie werden nach den heutigen Erfahrungen in sich gehen und sich die Sache überlegen; das Theaterspielen hat doch zu großen Reiz für alle. Komm, Schatz, und sei nicht so tragisch!« sagte er liebevoll und zog sie in seine Arme.
Mit banger Sorge begab sich Ilse zur Ruhe, und in der Nacht litt sie an Alpdrücken. Sie träumte, daß sie in der engen Garderobe mit den andern zusammen wie in einer Sardinenbüchse luftdicht eingeschlossen sei. Die Born, »das Kind«, hatte eine Teufelsmaske vor dem Gesicht und Krallen an den Fingern, dabei kam sie Ilse so nahe, daß diese fürchtete, erdrückt zu werden. Sie konnte kaum Atem holen, sich weder rückwärts noch vorwärts bewegen, nicht schreien oder rufen; es war ein entsetzlicher Zustand. Dann wieder standen sie auf der Bühne, die Vorstellung sollte beginnen, das Publikum wurde bereits ungeduldig, aber nichts war in Ordnung, niemand war zur Stelle; Ilse konnte kein Wort von ihrer Rolle, die Klingel ertönte, der Vorhang hob sich. In diesem Augenblick der höchsten Qual erwachte sie zum Glück. Die helle Frühlingssonne schien herein, und durch die offenen

Fenster strich erquickend die frische Morgenluft. Vor ihrem Bette standen die Kinder, Ruth mit einem Veilchenstrauß in der Hand, den sie eben aus dem Garten geholt hatte. Wie erlösend war das Erwachen nach einem so bösen Traum! Sie wollte nun auch den ganzen Tag nichts von der Theaterangelegenheit hören. Nachdem sie sich angezogen hatte, ging sie mit Ruth und Marianne hinaus in den lachenden Frühlingsmorgen. Seit einigen Tagen war sie nur im Haus gewesen oder in der staubigen Stadt umhergelaufen, da hatte sie nicht bemerken können, wie weit das Grünen und Blühen draußen gediehen war. Die Kinder hatten ihr so viel zu erzählen, und Ilse kam sich als eine ganz schlechte Mutter vor, weil sie die Kleinen in der letzten Zeit etwas hatte vernachlässigen müssen. Bald würde jedoch alles vorbei sein, und dann war sie wieder ganz ungeteilt für die Kinder da.
Auch von Onkel Heinz war die Rede; Ruth hatte ihn einige Male besucht, aber seine Tür war verschlossen gewesen.
Onkel Heinz! Selbst für den alten Freund hatte Ilse in diesen Tagen keinen Gedanken übrig gehabt; es war ihr nicht einmal aufgefallen, daß er sich nach dem nächtlichen Ausflug noch nicht hatte sehen lassen. Einesteils war sie ganz froh darüber, denn jetzt auch noch seinen Spott zu hören, das hätte sie nicht ertragen, und an Spott würde er es sicher nicht haben fehlen lassen.
Der Spaziergang tat ihr ungemein wohl und beruhigte ihre aufgeregten Nerven. Sie besuchte auch Nellie, die ihr blondes Patenkind Marianne bis zum Abend bei sich behielt.
Auf dem Rückweg begegnete ihnen Rosi. »Ich höre,

ihr wollt Theater spielen?« fragte sie mit einem leisen Anflug von Spott in der Stimme.
Wie die Frau Pastor darüber urteilen würde, konnte sich Ilse ganz genau denken, dennoch ärgerte sie die Art, in der Rosi danach fragte.
»Es ist nur gut, daß ihr es wenigstens für einen guten Zweck tut!« fuhr Rosi fort; »mein Mann hat auch schon für die armen Leute sammeln lassen.«
Das »nur gut« und »wenigstens« brachte Ilses Blut in Wallung, aber sie bezwang sich und fragte: »Ihr kommt doch auch?«
»Ich weiß noch nicht, ob Adolf Zeit hat.« Innerlich war sie fest entschlossen hinzugehen; die Neugierde war doch zu groß und siegte über die sonstige Abneigung gegen das Theater.
Vor der nächsten Probe hatte Ilse förmlich Angst. Doch es schien wahrhaftig, als sollte ihr Leo recht behalten. Man hatte besser gelernt, die Bewegungen waren freier, ungezwungener, das Sprechen ging flotter, und nachdem die größten Schwierigkeiten überwunden waren, stellten sich auch Lust und Begeisterung wieder ein.
Das »Kind« hatte nun diesmal seine beiden Schwestern mitgebracht, und trotzdem es andern als den Mitspielern untersagt war, an den Proben teilzunehmen, mußte man sie dulden, da man sie doch nicht hinausweisen konnte. Wie zwei gestrenge Wächterinnen nahmen sie in der ersten Parkettreihe Platz und blieben dort den ganzen Abend über sitzen.
Täglich wurde jetzt geprobt, und allmählich trat die richtige Stimmung ein, wie sie in Liebhaberproben zu herrschen pflegt. Es wurde gelacht, gescherzt und Unsinn getrieben, und man nahm jetzt auch laute Kriti-

ken nicht mehr übel. Sogar Fräulein Born hatte sich mit der »tauben Tante« etwas angefreundet und behandelte sie nicht mehr so gleichgültig. Auch der Backfisch war bei der Umarmung etwas gefühlvoller als das erstemal.
So war man glücklich bis zur Hauptprobe angelangt, die wie gewöhnlich nicht zum besten verlief. Am Tag danach sollte die Aufführung stattfinden.
Es herrschte keine geringe Aufregung unter den Mitwirkenden, und doch konnten sie kaum die Zeit abwarten, bis der große Abend da war und sie zur verabredeten Stunde ins Theater gehen konnten. Um halb sechs Uhr sollte man dort sein, als aber Ilse und Nellie gleich nach fünf Uhr eintrafen, fanden sie fast alle schon versammelt, und ein reges Leben und Treiben war im Gange. Das helle Tageslicht drang nicht in diese Räume; wo ein lichter Strahl von draußen sich hereinverirren konnte, wurde er durch dichte Vorhänge daran verhindert. In dieser Welt des Scheins regierte nur künstliches Licht.
Von der Bühne her tönte Sprechen und Hämmern. Ilse lief schnell erst einmal dorthin, um Leo zu begrüßen, der mit Althoff zusammen noch alle möglichen Anordnungen zu treffen hatte. Es bebte ihr das Herz, wenn sie daran dachte, daß sie in wenigen Stunden hier stehen sollte, und doch, welcher Zauber lag in dem Gedanken!
In den Damengarderoben schwirrte es durcheinander von erregten Stimmen. Die Türen standen offen, man ging bald hierhin, bald dorthin; die Kleider wurden nochmals einer genauen Prüfung unterworfen, diese und jene kleine Änderung wurde vorgenommen, und eine Wolke von Schminke- und Parfümduft lagerte

über dem Ganzen. Das »Kind« saß im Frisiermantel in seiner Garderobe mit aufgelöstem Haar, das die eine der beiden Schwestern mit Bürste und Kamm bearbeitete, während die andere geräuschvoll ein Ei mit Zukker in einem Glas zusammenquirlte. Das war gut für die Stimme und wurde der Erregten löffelweise eingegeben: außerdem stand noch eine Flasche Wein auf dem Tisch und ein Teller mit belegten Brötchen, um die Kräfte der vom Lampenfieber Ergriffenen zu erhalten. Die Rolle hielt sie krampfhaft in den Händen, sie fortwährend wiederholend. »Unsere arme Schwester ist so aufgeregt!« sagte das älteste Fräulein Born, als Ilse jetzt eintrat, um guten Abend zu sagen. »Sie braucht doch wahrhaftig keine Angst zu haben; nicht alle können ihre Sache so gut wie sie!«
»Angst habe ich nicht, liebe Anna! Du lieber Himmel, wie oft habe ich schon Theater gespielt!« fuhr das »Kind« dazwischen. In der Tat, was das Können betraf hatte sie keine Angst, so etwas fühlten nach ihrer Meinung nur gewöhnlich Sterbliche; Künstlerseelen wie sie waren über dergleichen erhaben. Sie hatte keine Ahnung, daß selbst die größten Künstler das Lampenfieber niemals ganz verlieren und daß, wenn man sie auf den Brettern so sicher und selbstbewußt auftreten sieht, diese Ruhe schwer erkauft ist.
In den Garderoben der jungen Mädchen herrschte ein lustiges Durcheinander. Auch hier erwiesen sich Mütter und Tanten als helfende Engel; es gab ja so vielerlei zu tun. Erika Blum ließ sich nochmals ihre Rolle überhören, besonders die eine dumme Stelle, wo sie immer steckenblieb; der Einsager hatte sich schon einen dicken Strich darunter machen müssen. Wenn es nur heute abend gutging! Sie sah übrigens reizend

aus, die hübsche Erika. Das blonde Haar hing als dikker blonder Zopf über den Rücken hinunter und wurde von einer rosaseidenen Schleife zusammengehalten. Von derselben Farbe war das duftige Kleid, das sorgfältig ausgebreitet über dem Stuhle lag. Das wichtige Geschäft des Ankleidens mußte man beginnen, denn schon war der Friseur hinter Fräulein Borns Tür verschwunden und würde gleich zu den andern kommen.

Die letzten Stunden in der Damengarderobe vor einer Liebhaberaufführung würden einem heimlichen Beobachter eine Fülle von komischen Eindrücken bieten. Da löst sich alles in ein buntes Durcheinander auf. Von menschlicher Nächstenliebe ist nichts zu bemerken; statt dessen kommt die Eigenliebe zutage. Jeder denkt nur an sich selbst, jeder möchte zuerst fertig sein, zuerst den Friseur haben, zuerst geschminkt werden. Das ist ein Rufen, Fragen, Schwatzen ohne Ende.

In der Garderobe von Erika Blum und den Schmidtschen Mädchen trugen zwei Mütter einen heftigen Wettkampf aus, denn jede wollte, daß ihre Tochter die Schönste sei, und trotz des Eifers und der großen Eile flogen doch verstohlene, prüfende Blicke hinüber und herüber.

Jetzt erschien der Friseur mit Schminke und Puderbüchse; er wurde sofort förmlich umringt. »Bitte, erst mich! Ich komme zuerst dran.« – »Meine Frisur hält sehr lange auf: Sie müssen mich zuerst frisieren!« – »Sehen Sie doch, bitte, ich habe mich schon selbst geschminkt! Ist es so richtig, oder muß der schwarze Strich unter den Augen stärker sein?«

Der parfümierte Jüngling konnte sich vor so vielen

Fragen und Anforderungen kaum retten, hilfesuchend sah er von einer zur andern. Endlich schoß Erika den Vogel ab, sie wurde die erste. »Nur nicht so rote Bakken!« sagte sie, denn schon im gewöhnlichen Leben waren ihre frischen Farben ihr größter Kummer. Sie fand es interessanter, etwas blaß auszusehen. Endlich war sie fertig und kam sich mit dem angemalten Gesicht wie ein Puppenkopf vor, aber der duftende Haarkünstler versicherte immer wieder, daß sie ausgezeichnet wirken werde, und die Freundinnen fanden den Backfisch Erika »reizend, süß, entzückend«. Auch Frau Doktor Schmidt sagte der Mutter Erikas viel Angenehmes über das reizende Töchterchen, und Frau Blum behauptete mit gleicher Liebenswürdigkeit, daß Erna und Mieze doch viel hübscher aussähen.
In diesem Augenblick flog die Tür auf, das zweite Fräulein Born stürzte aufgeregt herein, und der Friseur wurde noch einmal zum »Kinde« zurückgeholt, denn die blonde klassische Perücke hatte sich verschoben, als sie den Efeukranz darin befestigen wollte; außerdem war das Schminken noch nicht zur vollen Zufriedenheit ausgefallen.
»Sie sind schon fertig?« fragte Fräulein Born ängstlich, als die jungen Mädchen jetzt zu ihr kamen und auch Ilse in ihrem einfachen Dienstmädchenkleid erschien. »Aber Sie fassen Ihre Rolle doch zu realistisch auf, liebste Frau Gontrau! Sich so rote Arme zu schminken!« bemerkte sie leichthin zu Ilse, wandte dann aber sofort ihre Aufmerksamkeit wieder sich selbst zu. »Bitte, nun sagt mir ehrlich, sehe ich wirklich nicht gräßlich aus?«
Daß diese Frage nicht im Ernst gestellt war, daran zweifelte keine von den Gefragten, sie selbst aber am

wenigsten, denn sie lächelte ihrem Spiegelbilde wohlgefällig zu, und ihre beiden Schwestern versicherten fortwährend, wie reizend sie aussehe. Dabei legte sie immer wieder die weichen Falten des Gewandes zurecht, wenn sich diese bei den unruhigen und keineswegs klassischen Bewegungen seiner Trägerin verschoben.

Wirklich war denn auch mit dem »Kind« eine vorteilhafte Verwandlung vor sich gegangen. Die blonde Perücke, die Schminke und das griechische Gewand hatten Wunder vollbracht und ihr ein jugendliches Aussehen verliehen, das sie sonst im Leben nicht mehr besaß. Für die übrigen hatte die aufgeregte Muse nur wenig Zeit und Interesse, herablassend klopfte sie Erika auf die Wange. »Wie niedlich Sie aussehen, Kleine! Na, da werde ich alte Tante schön von Ihnen abstechen!« Mißmutig glitten ihre Blicke über das graue Kleid der »tauben Tante«, das schlaff und dunkel an der weißen Wand hing. Da hinein mußte sie nachher und ihr poetisches Gewand mit diesem unkleidsamen vertauschen; es war eigentlich zu ärgerlich.

Aus ihren Betrachtungen wurde sie durch die elektrische Glocke gerissen, deren schriller Klang wie ein Zauberzeichen wirkte. Jetzt wurde es ernst, jetzt mußten alle Gedanken zusammengenommen werden. Nur noch ein prüfender Blick in den Spiegel. »Liebste Anna, noch etwas Puder auf den Hals! Noch eine Haarnadel! Schnell! Hier diese Falte bauscht sich doch zu sehr, stecke sie lieber fest! Mein Gott, sitzt denn wohl alles ordentlich?«

Annas Hände flogen, während die andre Schwester mit dem roten Stärkungstranke bereitstand. »Nur einen Schluck!« drängte sie und hielt der Muse das volle Weinglas an die Lippen.

»Vorsichtig, vorsichtig, daß die Schminke nicht abgeht!« gebot das »Kind«, dann rauschte es hinaus.

Die andern waren schon auf der zu einem Garten verwandelten Bühne versammelt. Man drängte sich an die kleinen Löcher im Vorhang, um ins Publikum sehen zu können, entdeckte Verwandte, Freunde und Bekannte in dem lichterstrahlenden Raum, der fast schon ganz besetzt schien, und doch strömte es noch fortwährend herein.

In der ersten Reihe saßen die beiden Gontrauschen Kinder. Ruths Augen starrten groß und erwartungsvoll auf den bunten Vorhang. Sie malte sich aus, wie es wohl jetzt dahinter aussehen mochte; denn während der Hauptprobe hatte sie einen Blick hinter die Kulissen tun dürfen. Das war eine Wonne gewesen!

Wie fernes Meeresrauschen tönte das Stimmengewirr im Zuschauerraum zu den Mitwirkenden hinter dem Vorhang. Dann und wann konnte man eine besonders laute Stimme heraushören oder ein kurzes, helles Lachen, dazwischen tönten einzelne langgezogene Geigenstriche aus dem Orchester, das seine Instrumente stimmte.

Alle diese Geräusche verstummten augenblicklich, als das Klingelzeichen zum Beginn ertönte und mit vollem Akkord die Musik einsetzte.

Nur wer einmal eine solche Aufführung mit durchgemacht hat, kann die allgemeine bange Stimmung der letzten Minuten nachfühlen, bevor sich der Vorhang zum erstenmal hebt.

Die Bühne, auf der noch lachende, plaudernde Gruppen umherstanden, wurde im schnellsten Laufschritt verlassen, als die Glocke ertönte; voll Spannung standen nun alle hinter den Kulissen und warteten. Eiskalte Hände und Füße, hämmerndes Herzklopfen, vorübergehende vollständige Gedächtnislosigkeit, Zittern in allen Gliedern, das waren die Anzeichen des Lampenfiebers, das, trotz aller vorherigen Prahlerei, doch alle mehr oder weniger ergriffen hatte. – Das Vorspiel neigte sich dem Ende zu, jetzt verhallte der letzte Ton, noch ein Klingelzeichen, dann ein leises Rauschen wie ein Flügelschlag – der Vorhang ging in die Höhe.

Das Gefühl, das Fräulein Born beim Beschreiten der Bühne hatte, war demjenigen sehr ähnlich, das man empfindet, wenn man sich auf dem Marterstuhl eines Zahnarztes niederläßt. Vor ihren Augen tanzte das vielköpfige Publikum wie in einem Kaleidoskop durcheinander. Die ersten Worte blieben ihr fast in der Kehle stecken und kamen nur als Flüstern über die Lippen. Aber mehr und mehr schwand die Befangenheit, die Stimme wurde lauter, und ohne besonderen Zwischenfall ging alles vorüber.

»Einige falsche Betonungen, zuviel Pathos«, kritisierte Leo hinter den Kulissen, aber das Publikum nahm die herzlichen Worte doch sehr warm auf, und wie Sphärenmusik klang das laute Händeklatschen an das Ohr des »Kindes«, als der Vorhang gefallen war. Zweimal mußte er sich wieder heben, zweimal durfte sie sich tief verbeugen. Wer kann die Wonne eines solchen Augenblicks beschreiben!

Mit geöffneten Armen und einem dicken Tuche empfing Schwester Anna die Tiefbewegte, während die andre schon wieder den bewußten Labetrank bereithielt.

»Schnell, schnell umkleiden!« rief Leo ihr zu, und nun kam sie sich wirklich wie eine große Künstlerin vor, als an allen Ecken und Enden helfende Hände bereit waren, die Muse in die »taube Tante« umzuwandeln. Hinein mußte sie ins prosaische Alltagskleid, auf die gepuderten Haare wurde ein Spitzenhäubchen gesteckt. Der Friseur tänzelte um sie herum, und unter seinen flinken Händen entstand ein würdiges Matronenantlitz.

»Hier noch einige Falten; meine Schwester sieht noch viel zu jung aus«, sagte Anna und zeigte mit dem Finger auf deren Stirn.

»Nein, nein, keine künstlichen Falten, es wird sonst zuviel«, erwiderte der gelockte Jüngling und besah prüfend sein Werk, hier und da noch einen kleinen Strich aufsetzend oder mit der Puderquaste tupfend.

»Lassen Sie nur, Sie können gehen!« sagte das »Kind«, sich mit hoheitsvoller Miene erhebend, und nannte ihn, als er draußen war, einen widerlichen, unverschämten Menschen.

Die »Jugendliebe« wurde gut und flott gespielt, die blonde Erika entwickelte viel mehr Temperament als in irgendeiner der Proben, und auch die Umarmungsszene geriet weit natürlicher als bisher. Mieze Schmidt und ihr komischer Liebhaber paßten vortrefflich zusammen, und die »taube Tante« hörte es mit Genugtuung an, wie man über ihre Schwerhörigkeit lachte.

Der Beifall war geradezu stürmisch, als das reizende Lustspiel zu Ende war, und als Erika auf der Bühne erschien, fiel ein wundervoller Strauß aus Rosen und Maiblumen zu ihren Füßen nieder. Aufmerksam überreichte ihn Ferdinand von Bruck der Gefeierten, und trotz der Schminke konnte man doch bemerken, wie tief sie errötete. »Von wem? Von wem?« rief und fragte es durcheinander, als sie hinter den Kulissen erschien. Sie konnte kaum die Karte lesen, die in den Blumen steckte, und auf der nur die Worte standen: »Der reizenden Adelheid«, so eilig hatten es die übrigen, den Strauß zu sehen und zu bewundern. Er wanderte von einer Hand in die andere, und die zarten Maiblumen fingen bereits an, ihre Glöckchen zu senken, als sich so viele Nasen darüber beugten.

Dieser Strauß war ein Ereignis, und man zerbrach sich die Köpfe darüber, wer ihn wohl geschickt haben mochte. Erika mußte viel mit anhören. Sie wußte ja natürlich, von wem diese Blumenspende kam, sie wollte es nur nicht sagen, und was dergleichen Reden mehr waren. Fräulein Born aber meinte, anonyme Geschenke dürfe ein junges Mädchen eigentlich gar nicht annehmen, sie fände es wenigstens nicht schicklich und würde es sicher nicht tun.

Erika wurde es bei dem vielen Hinundherreden ganz unbehaglich zumute, sie wünschte schon, sie hätte die Blumen lieber gar nicht bekommen, die jetzt die Ursache so heftiger Erörterungen waren, und hielt die duftenden Blüten ganz traurig in der Hand, als ihr Nellie zuraunte, sie möge sich nur ja darüber freuen, die andern seien alle nur neidisch auf sie.

»Wahrscheinlich wieder so eine Anbändelei von der Erika; sie hat eben doch ein etwas leichtes Wesen«, sagte das »Kind« später zu den Schwestern, und die hübsche Erika wurde von den dreien tüchtig verhechelt. Der Kehrreim lautete immer wieder: »Es ist schade um das hübsche Mädchen!«

Als Ilse im »Ersten Mittagessen« in ihrer Dienstmädchenrolle erschien, erklang plötzlich das helle Lachen einer Kinderstimme laut durch das Haus. Es war Marianne, die ihre Mama in diesem Anzug zu komisch fand und sich gar nicht darüber beruhigen konnte, bis Ruth sie am Ärmel zupfte und zur Ruhe verwies.
Übrigens kam auch das Publikum nicht aus dem Lachen heraus bei der wirklichen Komik, die Ilse in ihrem Spiel entfaltete; sie wurde sogar einige Male bei offener Szene gerufen.
Es war nun schon eine gewisse Dreistigkeit über die Mitspielenden gekommen, man zitterte nicht mehr, wenn der Vorhang in die Höhe ging, sondern fühlte sich schon ganz heimisch auf den Brettern, und in den Pausen wurde auf der Bühne nach der Musik getanzt. Freunde und Bekannte erschienen hinter den Kulissen, lobten die Darsteller, überbrachten die Kritiken aus dem Publikum – natürlich nur die guten – und besahen sich neugierig das bunte Treiben.
»Sie spielen aber wirklich ausgezeichnet! Deine Freundin Ilse hat viel Talent«, sagte auch der Pastor im Parkett zu Rosi, die einige Male gelächelt hatte, aber zu einem wahren Genuß nicht gekommen war.
»Passend finde ich es nicht, daß eine Frau noch Theater spielt«, warf sie ein, »aber freilich, Ilse und Nellie denken über so etwas anders.« Die Betonung dieser Worte ließ erraten, welchen Sinn sie hineinlegte.
»Aber bedenke doch den guten Zweck, Röschen! Sie nehmen eine Menge Geld ein für die armen Abgebrannten«, meinte ihr Mann und sah sich in dem vollen Hause um.
Es war bis auf den letzten Platz besetzt. Lauter mitleidige, wohltätige Seelen? Wenn mit einem Schlage die

Beweggründe eines jeden auf seiner Stirne zu lesen gewesen wären, die ihn heute abend ins Theater geführt hatten, so würde wahrscheinlich bei vielen die Neugierde über die Wohltätigkeit den Sieg davongetragen haben. Gute Bekannte in der Öffentlichkeit wirken zu sehen hat ja immer einen großen Reiz.

Zum dritten- und letztenmal ertönte jetzt die Klingel. Die »Hochzeitsreise« von Benedix wurde fast noch flotter als die andern Stücke gegeben. Nellie und Leo spielten das Professor-Ehepaar, und ebenso wie diese waren die andern Rollen, sowohl der Famulus und der Stiefelputzer als auch das Kammermädchen, vorzüglich besetzt. Der Beifall war groß, und zum Schluß mußten die Spielenden vier- bis fünfmal erscheinen; unermüdlich rührten sich die Hände der Zuschauer, und einzelne Begeisterte dankten sogar mit lauten Bravorufen.

Nun war alles vorbei. Der eiserne Vorhang rasselte herab und trennte die beiden Welten wieder voneinander. Die Lichter erloschen in dem leeren Zuschauerraum, und den roten Samtsitzen wurden die grauen Kappen übergezogen. In den Garderoben hantierte man eifrig mit Creme, Seife und Waschwasser; damit wurde das blendende Theatergesicht bearbeitet und wieder in das alltägliche verwandelt.

Mit wehmütig zärtlichen Blicken betrachtete das »Kind« sein griechisches Gewand, das die Schwestern soeben sorgfältig in den Korb einpackten. Wie schade, daß der schöne Traum aus und die lustige Zeit vorbei war! Das bedauerten auch alle andern, indem sie dem Ehepaar Gontrau einstimmig versicherten, wie herrlich das Theaterspielen gewesen sei.

Ilse schien aber doch ganz froh darüber zu sein, daß

die aufregende Zeit ein Ende hatte, so sehr sie auch mit Leib und Seele dabeigewesen war, vielleicht zu sehr, denn bis zum letzten Augenblick hatte sie noch immer gezweifelt, ob es gelingen werde, und geseufzt: »Ach, wenn es nur gelingt!«

Und wie war es gelungen! Für allen Ärger im Anfang, für alle Mühe war der Lohn wenigstens nicht ausgeblieben, und man konnte den Obdachlosen achthundert Mark übermitteln. Das war doch ein gutes Ergebnis. Vom dortigen Pastor traf auch sofort ein rührendes Dankschreiben ein, das die Runde unter denen machte, die mitgewirkt hatten. Es war doch ein schönes Gefühl, für ein gutes Werk etwas getan und dazu beigetragen zu haben, so viel Jammer und Elend zu lindern.

In den ersten Tagen nach der Aufführung gab es natürlich nur diesen einen Gesprächsstoff, wenn Gontraus Bekannte sahen und trafen. Bei den meisten klang die Kritik überraschend ähnlich, da sie sich eben nur in Gemeinplätzen bewegten. Einige schmeichelten ihnen so verständnislos, daß man genau wußte, hinter ihrem Rücken sprachen sie ganz anders. Nur wenige äußerten ein Urteil, dem man entnehmen konnte, daß sie in die Sache eingedrungen waren; auch daß sie dies oder jenes tadelten, sich manches anders gewünscht hätten, war ein Beweis, daß man der Wahrheit ihrer Worte trauen konnte.

Fritz war am Tage nach der Aufführung heimlich in aller Eile gekommen und hatte sich von Ruth erzählen lassen, denn er selbst war natürlich nicht im Theater gewesen. Rosi behandelte ihn überhaupt jetzt unerbittlich streng; die Erholungszeit wurde ihm sehr knapp zugemessen und auf jedes mangelhafte Extemporale

eine empfindliche Strafe gesetzt. »Es muß und soll etwas Tüchtiges aus dem Jungen werden!« sagte Rosi zu Tante Emilie; »wenn Adolf zu schwach ist, werde ich eben die Erziehung allein in die Hand nehmen.«
Tante Emilie hatte diesen Ausspruch mit beifälligem Kopfnicken begleitet und gab dann mit vieler Wichtigkeit ihre Ansichten über Kindererziehung zum besten, die in der Theorie nichts zu wünschen übrigließen, jedoch in der Praxis wohl zu einem kläglichen Ergebnis geführt hätten. Aber für Rosi war ihre Rede wie ein Evangelium. Oftmals fragte sie sich, warum ihre Erziehung bei Elisabeth so herrlich einschlug und bei Fritz so ganz und gar nicht. »Weil du ihn nicht verstehst, weil du auf seine Eigenheiten nicht eingehst«, hätte man ihr zur Antwort geben müssen. Bei Tante Ilse fühlte er sich so wohl; sie hatte Verständnis für den aufgeweckten Jungen und war ihm ebenso zugetan, wie ihn Ruth liebte, die sich dagegen mit Elisabeth durchaus nicht anfreunden wollte. Das stille Mädchen erregte stets ihren Widerspruchsgeist; mit dem feinen Instinkt, den Kinder besitzen, hatte sie deren schwache Seiten längst erkannt, und zwischen den beiden war ein ewiger Kampf. Rosi nannte Ruth ein herrschsüchtiges Kind, Ilse dagegen fand Elisabeth unsympathisch.
Fritz hörte mit offenem Munde Ruths Erzählung über das Theaterspielen an. Ach, das mußte doch herrlich gewesen sein! Wenn er es doch auch hätte sehen können! Einige Darsteller ahmte Ruth so deutlich nach, daß selbst Ilse, die eben dazukam, darüber lachen mußte, und dann berichtete sie, welche Gesichter die Zuschauer gemacht und was die Leute gesagt hätten. Aber warum mochte wohl Onkel Heinz nicht dage-

wesen sein? Sie hatte ihn vergeblich auf allen Plätzen gesucht. Das fragte sie jetzt die Mutter.

Ilse lächelte zu dieser Frage. Daß sich Onkel Heinz solchen »Mummenschanz«, wie er es nannte, nicht ansehen würde, hatte sie wohl gewußt, aber auffallend war es, daß er sich gar nicht sehen ließ. War er noch böse? Sie hatte darüber in den letzten Tagen wenig nachdenken können, aber jetzt kam ihr der Gedanke plötzlich, und alles stand wieder deutlich vor ihrer Seele, der Streit mit ihm, seine Schweigsamkeit den ganzen übrigen Tag, sein kurzer Abschied am Abend und dann sein Fortbleiben. Sonst vergingen kaum einige Tage, ohne daß er kam. Natürlich, er »brummte« wohl wieder.

»Du liebe Zeit, wie doch solche Junggesellen empfindlich sind!« sagte Ilse später zu Leo, als sie mit ihm darüber sprach und auch die Meinung äußerte, daß der Professor zürne. »Ja natürlich, Ehemänner müssen sich das Übelnehmen mit der Zeit abgewöhnen«, erwiderte er seufzend, aber die glücklichen Augen, mit denen er seine Frau ansah, straften ihn Lügen.

»Die Ehemänner, die sich am glücklichsten fühlen, beklagen sich am meisten«, gab Ilse zurück, die selten um eine Antwort verlegen war. »Eine Frau, die zu allem ja und amen sagt, wäre dir doch auch mit der Zeit langweilig gewesen, Schatz. Aber wie bin ich gegen früher doch ganz anders geworden, nicht wahr?«

Er zögerte mit der Antwort und neckte sie noch eine Weile, bis er sah, daß sie Ernst machte, denn sie war in diesem Punkt etwas empfindlich, weil sie sich des einstigen Trotzkopfes schämte und sich nicht gern daran erinnern ließ.

Die Sache mit Onkel Heinz ging Ilse doch gewaltig im Kopf herum. Sie rief sich alles wieder ins Gedächtnis zurück, was er gesagt und was sie erwidert hatte, und ihre Endbetrachtung war: Warum mußte er sie auch immer so reizen!

Als Leo am Nachmittag den Professor besuchen wollte, fand er die Wohnung verschlossen und erfuhr von den Wirtsleuten, daß er schon seit längerer Zeit schwer krank in der Klinik lag, da er im Hause nicht die nötige Pflege habe finden können. Leo suchte ihn dort sofort auf.

Onkel Heinz war bereits wieder aufgestanden, sah aber schlecht aus und mußte sich noch sehr schonen. So lautete Leos Bericht, als er gegen Abend heimkehrte.

Das Mitleid verdrängte bei Ilse sofort jeden andern Gedanken, sie war ganz von freundschaftlicher Teilnahme erfüllt und malte sich das Bild des einsamen, kranken Junggesellen in den trübsten Farben aus. Warum hatte er auch nicht zu ihnen geschickt!

»Da wohnt man nun in ein und derselben Stadt, ist eng befreundet, und doch könnte jemand sterben und verderben, ohne daß man etwas davon merkt!« rief sie mit Tränen in den Augen, und auch die Kinder fingen an zu weinen, als sie erfuhren, daß ihr geliebter Onkel krank sei. Ruth in ihrer leidenschaftlichen Art fragte fortwährend unter Schluchzen, ob Onkel Heinz nicht am Ende sterben werde, und ließ sich kaum beruhigen.

Am andern Tage mußte Leo auf Ilses Bitten noch einmal in die Klinik gehen und fragen, ob sie den Professor besuchen dürfe.

Mit einem »Nein« kam ihr Mann zurück und erzählte, daß sich der Professor durch Ilse tief gekränkt fühle und durchaus nichts von ihrem Besuche wissen wolle. Darüber war die junge Frau sehr traurig und mit ihr Ruth, deren lebhaften Fragen, warum sie der Onkel denn nicht sehen wolle, die Mutter mit der Antwort auswich, daß er sich dazu noch zu krank fühle.

»Ich will den lieben Onkel sehen«, sagte auch Marianne, und Ilse hatte Not, die betrübten Kleinen wieder zu trösten und zu erheitern. Jetzt empfand sie so recht, wie gut und treu doch der Freund sein müsse, der sich in solcher Weise in die Kinderherzen eingeschlichen hatte, die ihn nächst ihren Eltern am meisten liebten.

Am Morgen des übernächsten Tages kam Ruth strahlend zur Mutter gelaufen, einen Brief hoch in der Luft schwenkend. »Mutti, Mutti, lies doch! Von Onkel Heinz. Wir sollen ihn besuchen – heute in der Klinik. An mich ist der Brief«, kam es in hastigen Sätzen aus ihrem Munde, und ihre Augen strahlten in heller Freude.

Ilse nahm ihr den Brief aus der Hand und las ihn. Wahrhaftig, da schrieb er in seinem alten neckischen Ton an Ruth, daß er sie am Nachmittag mit Mutter und Schwester sehen wolle!

Fragend sah Ilse ihr Töchterchen an, das selbst auch kaum erwarten konnte, seine Heldentat zu erzählen. Sie hatte ganz allein an Onkel Heinz geschrieben und den Brief durch einen Dienstmann in die Klinik geschickt.

»Mutti, dem Dienstmann habe ich zwanzig Pfennig aus meiner Sparbüchse gegeben. Ist das wohl zuviel?« fragte sie lebhaft. Die Kleine war voller Stolz über diese eigenmächtige Tat und erzählte immer wieder von neuem, wie sie das alles gemacht habe. Niemand habe ihr geholfen, sie sei ganz allein an die Straßenecke gegangen, wo die Dienstleute immer stehen, und habe einem davon den Brief gegeben. »Willst du ihn lesen?« fragte sie dann plötzlich, und ohne eine Antwort abzuwarten, flog sie hinaus, ihn zu holen.

»Sie hat doch ein gutes Herz, das tolle Ding«, dachte Ilse voll Rührung. Oft genug hatte sie ihr schon Kummer bereitet, wenn sie beim Spielen mit der kleinen Schwester so egoistisch und auffahrend war, was sie allerdings im nächsten Augenblick schon wieder bereute. Im Lieben und Hassen war sie gleich stark. Für Onkel Heinz, den sie liebte, würde sie alles tun, dagegen gab es Leute, die sie nicht leiden konnte und gegen die sie sich geradezu unliebenswürdig zeigte.

Ruth kam nach wenigen Minuten mit ihrer Tafel zurück, auf welcher der Entwurf zu dem Brief an Onkel Heinz stand, der folgendermaßen lautete:

»Lieber Onkel Heinz!

Es tuht mir so leit das Du Krank bist aber Mutter sagt schterben wördest du nicht es giebt chetzt auch schon Maiblumen und Marichane is gestern aufs Knie gefallen und Mutter und ich möchten Dich gern in der Klinich besuchen und heute mußte ein in unser Schule nach bleiben die hat aber gebrült. Lieber Onkel ich schicke Dir fiele grüse ich brüle aber nicht wenn ich nach bleiben mus das ist zu dum. Lieber Onkel Tut Dier fieles weh Mutter weis nicht das ich Dir schreibe ich habe den Dienstmann 20 Pfennig gegeben für weg.

Ers grüßt Dich

Deine libe Ruth.«

Diesem Brief hatte der Professor nicht widerstehen können; Ruth war nun einmal sein erklärter Liebling. Diese beiden so verschiedenartigen Naturen waren fürs Leben verbunden, die Liebe des Kindes, des späteren jungen Mädchens, sie war der erhellende Sonnenstrahl auf dem einsamen Lebensweg von Onkel Heinz.

Ruth konnte kaum den Nachmittag erwarten und war voll Unruhe. Bald lief sie durch alle Zimmer, singend und trällernd, bald in den Garten, wo sie einen großen Maiblumenstrauß für den geliebten Onkel pflückte. Jubelnd brachte sie Ilse den ersten Maikäfer, den sie eben gefangen und in eine leere Streichholzschachtel auf zarte grüne Blätter gebettet hatte; er sollte auch mit zu Onkel Heinz wandern. »Darüber wird er sich freuen«, meinte sie strahlend.

Welches Opfer aber auch für ein Kind, den ersten Maikäfer zu verschenken, den es so eifrig gesucht, auf den es sich so lange gefreut hat!

Gegen drei Uhr, die Besuchszeit in der Klinik, machte sich Ilse mit ihren beiden Kleinen auf den Weg. Ihre aufgeregte Älteste hatte unterwegs ständig zu fragen; sie wollte wissen, wie eine Klinik aussehe, ob da viele kranke Menschen seien, und wer weiß, was noch alles. Ihr Plappermäulchen stand keinen Augenblick still, und Ilse mußte sie schließlich nachdrücklich zur Ruhe verweisen, als sie vor der Tür standen und die Glocke gezogen hatten.

Neugierig sahen die beiden Kinder auf die Barmherzige Schwester, die ihnen öffnete und mit sanfter Stimme nach ihren Wünschen fragte.

Onkel Heinz hatte schon die Anweisung gegeben, daß Ilse gleich hinaufgeführt werden sollte, wenn sie käme, und die Schwester mit dem milden Gesicht unter dem weißen Häubchen geleitete sie deshalb ohne weitere Anmeldung die Treppe hinauf.

Ihre Schritte verhallten lautlos auf den dicken Läufern. Geheimnisvoll still war es im ganzen Hause. In dem langen Gang befand sich Zimmer an Zimmer, und gepolsterte grüne Türen davor hielten jeden Ton fern, der störend nach innen wirken konnte. Ruhig glitten die Schwestern, alle in der gleichen dunklen Tracht, auf ihrem Weg aneinander vorüber. Eine peinliche Sauberkeit herrschte überall, und in den großen hellen Fenstern standen blühende Pflanzen, ebenfalls Pfleglinge der Schwestern, die dem Ganzen etwas von dem Charakter des Strengen und Ernsten nahmen.

Hinter einer der vielen Türen verschwand nun die Schwester, und nach einigen Augenblicken kam sie mit dem Bescheid zurück, der Herr Professor lasse bitten einzutreten.

Zögernd überschritt Ilse die Schwelle, Ruth und Marianne an der Hand haltend, die beide schweigsam die fremde Umgebung mit großen Augen musterten. Wie hatte Ruth sich auf den Augenblick gefreut, Onkel Heinz wiederzusehen! Nun sie am Ziele ihrer Wünsche angelangt war, wurde sie zaghaft und scheu.

Die Gestalt, die dort in dem kleinen hellen Zimmer am Fenster auf einem Krankenstuhle saß, eingehüllt in warme Decken, mit dem Aussehen eines, der eine schwere Krankheit überstanden hat, glich auch wenig dem alten Onkel Heinz, der sich mit den Kindern auf der Erde herumkugelte und zu jedem Spaß bereit war. Sein Gesicht hellte sich auf, als er die Eintretenden sah, besonders beim Anblick von Ruth. Ilse hatte er mit einem flüchtigen Händedruck begrüßt und dabei versucht, eine linkische Verbeugung zu machen. Marianne aber zog er neben sich und nahm sie in seine Arme. Dann wandte er sich wieder an Ruth, die zögernd stehengeblieben war und ihn betrachtete: »Na, nun komm doch näher, alte Kröte!« rief er endlich herzlich.

Bei dem vertrauten Klang seiner Stimme schwand ihre Scheu, sie lief zu ihm hin und warf sich stürmisch in seine Arme.

»Halt, sachte, sachte!« wehrte er den Wildfang ab. Aber als Ilse sie zurückziehen wollte, hielt er sie doch wieder fest, und sie schmiegte sich noch enger an ihn.

Jetzt hatte er wieder sein altes Kinderonkelgesicht. Marianne erzählte von ihrer Puppe, die neulich auch so sehr krank gewesen sei. Ruth zeigte ihm den ersten Maikäfer in seinem engen Gefängnis und konnte nicht genug berichten, wie schön es im Theater gewesen sei.

»Habe von der Mimerei gehört«, sagte Onkel Heinz kurz.

Ilse hatte inzwischen die Maiblumen ins Wasser und neben ihn gestellt; mit den duftenden Blüten kam ein Stückchen Frühling in das nüchterne Zimmer.

»Bitte, Frau Gontrau, wollen Sie nicht Platz nehmen? Ruth, hole deiner Mutter einen Stuhl! Fix, Mädel!« rief er und konnte eine gewisse Verlegenheit nicht verbergen.

»Ich danke«, sagte Ilse und setzte sich ihm gegenüber. Sie hatte schon einige Male versucht, ein Gespräch anzufangen, aber er ging nicht so recht darauf ein. Es schien eher, als vermeide er, sie anzusehen, denn nur scheu streifte sie sein Blick, dagegen beschäftigte er sich mit den Kindern, die kicherten und schwatzten. Ilse hatte sich eigentlich dieses Wiedersehen anders vorgestellt und war nun enttäuscht, daß der Professor jede Annäherung abwehrte und auch nicht die Spur weich gestimmt zu sein schien. Freilich leugnete er immer sehr bestimmt ab, daß er irgend etwas vermisse, wenn sie ihn bedauerte, weil er so allein sei. War das nun wirklich Wahrheit, oder täuschte er sich selbst? Darüber war sie oft im Zweifel, aber doch neigte sie mehr der Ansicht zu, daß er, um glücklich zu sein, weiter nichts brauche als seine Arbeit, seine Bücher. Und doch – ein eingefleischter Büchermensch hatte nicht das warme Herz, das Verständnis für die Kinder, wie er es besaß. Er ging auf ihre Gedanken ein, wie es niemand besser verstand. »Na, wie ist es denn jetzt in der Schule, Ruth? Bist du immer noch die Letzte?« fragte er in diesem Augenblick.

»Aber, Onkel Heinz«, rief Ruth entrüstet, »ich bin niemals die Letzte gewesen!«

»Natürlich, du Faulpelz, du kannst und weißt ja nie etwas, du bist die Dümmste in der ganzen Klasse.«

»Das ist nicht wahr, das ist nicht wahr!«

»Schweig, du Kröte! Ich weiß es besser.«

»Ach, du weißt gar nichts, Onkel Heinz!«

Wenn der Professor diesen Ton mit den Kindern anschlug, wußten sie genau, daß sie sich alles mögliche herausnehmen durften, und meistens endete eine solche Neckerei mit einer kameradschaftlichen Balgerei. Auch heute tat Ruth alles mögliche, um Onkel Heinz herauszufordern, aber er schien doch noch zu schwach zu sein, um sich mit seiner kleinen Freundin in einen Kampf einlassen zu können.

Wiederholt versuchte Ilse ein Gespräch anzuknüpfen, doch er wandte sein ganzes Interesse den Kindern zu und antwortete ihr nur kurz, sie mußte ihn tief gekränkt haben, wie er es ja auch Leo eingestanden hatte. »Sie waren recht krank, lieber Professor?« fragte sie nach einer Weile in ihrem sanftesten Tone.
»Ja, diesmal bin ich noch mit dem Leben davongekommen!«
»Sie hatten ein schweres gastrisches Fieber?« fuhr Ilse fort.
»So nannten es die Ärzte wenigstens. – Warte du Strick!« wandte er sich dann sofort wieder an Ruth, die ihm den Maikäfer in den Bart gesetzt hatte.
Diese Unterbrechung der von Ilse aufs neue begonnenen Unterhaltung schien ihm sehr angenehm zu sein; fürchtete er etwa eine Auseinandersetzung? Doch Frau Ilse wollte nun einmal sprechen; sie hatte ihn gekränkt und mußte ihn wieder versöhnen. Auf einmal kam er ihr in seiner Lage so verlassen vor, so trostlos traurig, daß sie nur der eine Wunsch beseelte, er möchte ihr verzeihen. Aber die Kinder mußten erst fort sein, er hätte bei ihnen sonst immer wieder eine Ablenkung gesucht und gefunden. Sie schickte sie deshalb auf den kleinen Balkon mit dem Befehle, sich dort ruhig zu verhalten, bis sie gerufen würden.
Ruth wollte sich wie gewöhnlich widersetzen, wenn sie aus der Nähe ihres Onkels verbannt werden sollte, aber diesmal genügte ein Blick auf Ilse, um ihr zu zeigen, daß mit der Mutter jetzt nicht zu spaßen war; daher ging sie ganz still mit Marianne hinaus.
»Warum lassen Sie denn die Kinder nicht hier?« fragte der Professor.

»Sie machen zuviel Lärm, und Sie sind doch seit Ihrer Krankheit gewiß die größte Ruhe gewohnt. Aber nicht wahr, es geht Ihnen doch schon viel besser? Wenigstens sehen Sie recht gut aus.«
Onkel Heinz brummte etwas Unverständliches in den Bart, wobei er unverwandt durch das Glasfenster in der Tür auf den Balkon blickte, wo seine kleinen Freundinnen den Maikäfer nochmals einer genauen Besichtigung unterwarfen.
»Warum haben Sie uns denn gar nicht wissen lassen, daß Sie krank waren?« fragte Ilse wieder.
»Das hätte mir auch nichts nützen können, wenn Sie das gewußt hätten«, antwortete der Professor nicht gerade liebenswürdig.
Dann schwiegen wieder beide.
Auf diese Weise kamen sie nicht weiter, das sah Ilse ein und beschloß deshalb, gerade auf ihr Ziel loszusteuern. »Nicht wahr, Sie sind mir noch böse, Onkel Heinz?« fing sie an.
Er antwortete nicht.
»Ich wollte Sie ja nicht kränken«, fuhr sie fort.
»Oh, Sie kränken mich oft, sehr oft, wenn ich es mir auch nicht immer merken lasse!« unterbrach er sie nun fast heftig.
Hierauf wollte Ilse ihm erwidern, daß er sie durch sein Benehmen oft reize und auch letzthin gereizt habe, aber sie unterdrückte diese Bemerkung. »Nun, Sie necken mich, ich necke Sie wieder: weiter ist doch nichts dabei«, gab sie statt dessen freundlich zur Antwort.
»Ihre Neckereien haben meistens einen bitteren Beigeschmack«, warf er ein.
»Ja, aber wieso denn?«

»Nun, bald nennen Sie mich einen alten eingefleischten Junggesellen, oder Sie sagen, ich solle froh sein, daß ich nicht verheiratet sei, denn ich würde eine Frau nur unglücklich machen – na, und ähnliche Redensarten mehr.«

»Aber das ist doch alles nur Scherz!« Ilse mußte beinahe lachen, als er so getreulich wiederholte, was sie oft zu ihm gesagt hatte, aber es war ihr bei diesem Gespräch dazu doch zu ernsthaft zumute.

»Sie trauen mir sehr wenig Feingefühl zu, wenn Sie glauben, daß ich den Stachel in solchen Bemerkungen nicht empfinde, der oft recht tief geht«, erwiderte Onkel Heinz mit bewegter Stimme.

Es entstand abermals eine Pause, beide sahen nachdenklich vor sich hin. Nach einer Weile fuhr der Professor fort: »Sie sind glücklich, Frau Gontrau, Sie sind verwöhnt, zu verwöhnt – denn, offen gestanden, behandelt Sie Gontrau nach meiner Meinung oft gar nicht richtig – Sie sind verheiratet, haben Kinder«, fuhr er fort.

»Aber, bester Professor«, unterbrach ihn Ilse, »dieses Glück könnten Sie doch auch haben, wenn Sie wollten! Ich denke immer, es läge Ihnen nichts daran und Sie hätten nur Interesse für Ihre Bücher.«

»Meinen Sie?« fragte er langsam und gedehnt und sah ihr zum erstenmal voll in die Augen mit einem Ausdruck, vor dem sie die ihren senken mußte. »Halten Sie mich solcher Gefühle nicht für würdig oder nicht für fähig?« fing er wieder an.

»Daß Sie ein warmes Herz haben, beweist mir Ihre Liebe zu den Kindern«, erwiderte Ilse etwas verlegen.

»Glauben Sie mir, auch ich kenne Stunden, wo mir

kein Buch, keine Arbeit über das Gefühl der Einsamkeit hinweghilft. Sie kennen so etwas natürlich nicht. Sie werden es wahrscheinlich auch nicht begreifen, daß Ihr alter ›eingefleischter Junggeselle‹ solche Empfindungen haben kann, und hinter meinem Rücken werden Sie gewiß darüber spotten und lachen.« Ein leichter Seufzer begleitete seine Worte.

»Aber, Onkel Heinz, was trauen Sie mir da alles zu! Halten Sie mich denn für so falsch?« fragte Ilse mit trauriger Stimme. »Und dann noch eins«, fuhr sie nach einer kleinen Weile fort, »Sie sagten vorhin, mein Mann behandle mich nicht richtig. Wie meinen Sie das?«

»Nun, wie ich schon sagte, er verwöhnt Sie zu sehr, er läßt Ihnen zu oft Ihren Willen; Gontrau ist zu schwach. Sie werden dadurch egoistisch, Sie hätten ganz anders erzogen werden müssen.«

»Erzogen, erzogen!« brauste Ilse auf und glich in diesem Augenblick auf ein Haar dem Trotzkopf von früher. »Ich bin doch kein Kind mehr! Das Erziehen würde ich mir von meinem Mann recht hübsch verbitten.«

»Ja, wenn Sie nicht ruhig bleiben können, Frau Gontrau, dann wollen wir dieses Gespräch lieber beenden«, sagte Onkel Heinz in jenem Schulmeistertone, der Ilse schon oft zur Verzweiflung gebracht hatte.

Aber sie bezwang sich heute, es wäre sonst wieder zu einem neuen Streit statt zur Versöhnung gekommen. Auch hallten seine Worte, durch die er ihr vorhin sein Inneres erschlossen hatte, tief in ihr nach. Also so dachte und fühlte er oft! »Warum heiraten Sie nicht, Onkel Heinz?« fragte sie plötzlich, »warum nicht?«

Der Professor gab keine Antwort, aber eigentümlich

war der Blick, den er Ilse zuwarf. Sie konnte sich diesen nicht recht erklären, dennoch fühlte sie instinktiv, was er ausdrückte; es beunruhigte, es verwirrte sie. »Sie halten mich wohl für recht schlecht?« platzte sie in ihrer Verlegenheit heraus. »Sagen Sie mir nur meine Fehler immer offen.«

»Ich halte Sie für gut, Frau Gontrau«, erwiderte der Professor einfach, »sonst würde ich überhaupt Ihr Freund nicht sein, und der bin ich doch, nicht wahr? Schöne Redensarten kann ich nun einmal nicht machen, will es auch nicht, aber ich meine es trotzdem gut mit Ihnen. Oder glauben Sie das nicht?« Abwechselnd klang seine Stimme weich und dann wieder schroff, als kämpfe er mit seinen Gefühlen.

»Gewiß, gewiß, Onkel Heinz«, sagte Ilse schnell; »aber oft machen Sie alles schlecht, und nicht allein bei mir, auch bei Leo. Wie machen Sie seine Wissenschaft manchmal herunter!«

Ironisch lächelnd drehte Onkel Heinz seine Bartspitze. »Ja, die Juristen sind nun einmal einseitig, verstehen nicht viel andres.«

»So?« unterbrach ihn Ilse lebhaft. »Wenn also die Juristen einseitig sind, dann sind die Zoologen eingebildet, Onkel Heinz, das will ich Ihnen nur sagen.«

»Da sehen Sie ja, wie Sie mich immer mißverstehen, Frau Gontrau. Nun wollen wir das Thema lieber ruhen lassen, sonst streiten wir wieder. Wenn ich so etwas sage, meine ich es doch nicht persönlich, es gibt ja doch Ausnahmen unter den Juristen.«

»Leo ist eine Ausnahme, nicht wahr?« fragte Ilse schnell.

»Sonst wäre er mein Freund nicht«, gab Onkel Heinz wieder mit Nachdruck zur Antwort.

Ilse lächelte innerlich über die gute Meinung, die der Professor von sich hatte, aber gleichviel; was waren seine Eigentümlichkeiten gegen seine wahre Freundschaft für sie und ihre Familie! Er hatte nur wenige Bekannte, mit denen er verkehrte, fast gar keine Freunde, war ohne Verwandte; er würde mit der Welt ganz abschließen und ein Einsiedler werden, wenn die Freundschaft mit Gontraus durch irgend etwas zerstört werden sollte. Der Professor hatte nun einmal kein glattes Wesen, das den Verkehr zwar erleichtert, aber zu einem wirklichen Freundschaftsverhältnis doch nicht ausreichend ist. Er bekannte offen und frei ins Gesicht, was er dachte; jedoch hinter dem Rücken verteidigte er seine Freunde, selbst wenn es gegen seine Überzeugung war.

Dies alles ging Ilse jetzt durch den Sinn. Sie fühlte, daß sie ihm heute viel, viel nähergekommen war als je zuvor, denn in solchem Maße hatte er ihr noch niemals sein Vertrauen geschenkt, so offen hatte er sein Inneres noch nie vor ihr gezeigt. Gab es eine Wunde darin?

Nach Frauenart war Ilse neugierig geworden und hätte gern mehr darüber erfahren. Das beunruhigende, verwirrende Gefühl, das sie vorhin unter seinem Blick beschlichen hatte, war vollständig gewichen, sonst hätte sie wohl keine Lust zu weiteren Fragen empfunden. Handelte es sich bei Onkel Heinz etwa gar um eine unglückliche Liebe? Sie sah ihn daraufhin an und wollte schon den Faden wieder aufnehmen, aber sein veränderter Ausdruck belehrte sie eines Besseren, und das war gut.

Onkel Heinz sah aus wie jemand, der es bereut, seine Gefühle zu offen ausgesprochen zu haben. Ein ironischer Zug zeigte sich um seinen Mund, als machte er sich über sich selbst lustig, was er auch tat, aber mit einem wahren Galgenhumor. Unaufhörlich drehte er seine Bartspitze und sah hinaus in die helle, sonnige Luft zu den beiden Kinderköpfen draußen auf dem Balkon. Laut rief er sie bei Namen. »Ruth, Marianne, kommt herein!«

Die beiden ließen sich das nicht zweimal sagen. Ungestüm stürmten sie ins Zimmer.

»Laßt die Tür offen, Kröten! Es ist eine dumpfe Luft hier.«

Ilse öffnete Fenster und Tür weit. Sie und Onkel Heinz atmeten tief auf, als der frische Zug von draußen hereinwehte, belebend, ermutigend.

»Onkel Heinz«, rief Ruth fröhlich, »gestern sind wir den Rasenabhang – weißt du, den, wo die vielen Veilchen stehen – heruntergekugelt. Wie schade, daß du nicht dabei warst! Ich sage dir, es war herrlich. Wenn du erst wieder gesund bist, nicht wahr, dann kugelst du auch mit herunter?«

Onkel Heinz versprach es und noch viel mehr, alles, was die Kinder von ihm verlangten.

»Onkel Heinz«, sagte Ilse auf einmal lachend und einer plötzlichen Eingebung folgend, »wie haben Sie sich denn hier mit den Ärzten vertragen, die Sie ja doch so sehr verabscheuen?«

»Ja«, erwiderte er achselzuckend, aber gut gelaunt, »was soll man denn machen, wenn sie einen in völlig wehrlosem Zustand in die Klinik schleppen? Ihren Klauen entgeht man nun einmal nicht!«

»Unter diesen ›Klauen‹ sind Sie aber Gott sei Dank wieder gesund geworden, Onkel Heinz, und das ist die Hauptsache.«

»Das ist nicht das Verdienst der Ärzte, sondern das meiner guten Natur.« Streiten mußte er nun einmal immer.

»Wenn Sie erst wieder ausgehen können, werden Sie sich gewiß schnell erholen in der herrlichen Frühlingsluft. Dürfen wir bald wiederkommen?« Ilse fragte mit bestechender Liebenswürdigkeit, in dem unklaren Gefühl, daß sie trotz allem einen nicht geringen Einfluß auf Onkel Heinz ausübte. So empfindlich dieser sich manchmal ihrer Schroffheit gegenüber zeigte, ebenso empfänglich war er anderseits auch für die geringste Freundlichkeit.

So schieden die beiden denn im besten Einvernehmen.

Beim Fortgehen sagte Ilse leise: »Seien Sie mir nicht mehr böse! Wir wollen stets gute Freundschaft halten.«

Onkel Heinz wußte, was es sie kostete, eine solche Bitte über ihre Lippen zu bringen, kannte er sie doch auch ganz genau. Desto wertvoller waren ihm ihre Worte. »Auf gute Freundschaft!« erwiderte er herzlich und reichte ihr seine Hand.

Der Abschied von den Kindern war ein sehr zärtlicher, namentlich von Ruth, die sich gar nicht trennen konnte, bis Ilse entschlossen ein Ende machte.

Als sich die Tür hinter ihnen geschlossen hatte, war es wie zuvor still und ruhig im Zimmer. Onkel Heinz lehnte sich zurück und schloß die Augen. Worüber er nachdachte? Den Einblick, den Ilse heute in sein Inneres getan hatte, verdankte sie dem Zufall. Aber bald hatte sich auch wieder vor die Gedankenwelt von Onkel Heinz die undurchdringliche Wand geschoben, die sein Inneres jedem Blicke verbarg.

Nach einiger Zeit trat die Barmherzige Schwester ein, lautlos wie immer, und brachte seine Abendmahlzeit. »Soll ich das Fenster schließen? Es wird zu kühl; Sie könnten sich sonst erkälten, Herr Professor«, sagte sie freundlich.

Er erwachte wie aus einem Traume. »Lassen Sie nur offen! Erkälten – erkälten – ist ja Unsinn! Luft schadet nichts, will mich nicht verweichlichen.«

Die Schwester, an alle erdenklichen Launen und Ausbrüche der Kranken gewöhnt, tat trotz dieser Rede doch, was sie für ihre Pflicht hielt; sie schloß die Tür und zog das Fenster etwas mehr zu. Die Sonne war im Scheiden, und noch waren die Abende frisch und kühl.

Ilse ging an demselben Abend mit Leo hinaus in die Anlagen vor der Stadt, um den Maitag bis zuletzt zu genießen, und dabei erzählte sie ihrem Mann den Besuch bei Onkel Heinz mit allen seinen Einzelheiten. Alles, was dieser ihr heute gesagt, hatte einen tiefen Eindruck auf sie gemacht, und sie nahm sich vor, ihn von jetzt ab mit viel mehr Rücksicht zu behandeln als bisher.

Der Professor war nun wiederhergestellt, er gab sich sehr vergnügt und war ganz der alte. Jedes mitleidige Wort, das Ilse über seine Krankheit, über sein einsames Leben an ihn richtete, schnitt er mit der Bemerkung ab, daß dabei gar nichts zu bedauern sei, denn er sei nicht rührselig angelegt und wisse sich mit den Tatsachen abzufinden.

So geriet allmählich der Verkehr zwischen den beiden wieder in das alte Geleise; sie neckten und stritten sich wie zuvor, aber dennoch nahm sich Ilse mehr zusammen, und Worte wie »alter Junggeselle, Brummbär«, die den Professor so tief gekränkt hatten, bekam er nicht mehr zu hören.

Die Rosen standen schon in voller Blüte, die Tage waren heiß, das frische Grün der Gärten wurde durch eine graue Staubdecke gedämpft – der Sommer war eingezogen und hatte den Frühling verdrängt.
Eines Morgens fand Ilse auf dem Kaffeetisch einen Brief von Flora mit vielen engbeschriebenen Seiten vor, nachdem diese lange nichts von sich hatte hören lassen.
Mit der schwergeprüften jungen Witwe war eine Wandlung vorgegangen. Sie schien eine Zeitlang wie gebrochen zu sein, und ihr Kummer war auch ein aufrichtiger, denn sie rührte keine Feder an, verfaßte keine Trauergedichte, klagte nicht mit überschwenglichen Worten. Der erste große Schicksalsschlag ging nicht spurlos an ihr vorüber, er rüttelte sie aus ihrer törichten Gedankenwelt auf: das Leben nahm für sie seine wirkliche Gestalt an, und ihre schemenhaften Ideale zerflossen davor in nichts. So war sie denn, ohne daß es ihr eigentlich zum Bewußtsein gekommen wäre, eine andere geworden, als sie den Witwenschleier wieder ablegte. Vor allen Dingen versuchte sie nun Käthchens Herz zu gewinnen; sie machte ihre Mutterrechte geltend und holte das Kind von der Großmama zurück. Nach und nach gewöhnte sich die Kleine mehr an sie, doch hatte die Mutter manchen Kampf mit ihr zu bestehen und war oft nahe daran, zu verzweifeln, denn Käthchen schien es nicht vergessen zu haben, wie sie früher an ihr gehandelt hatte. Aber endlich wurde Floras Mühe und Ausdauer durch Erfolg belohnt, und das Verhältnis zwischen Mutter und

Stieftochter gestaltete sich mit der Zeit sogar zu einem sehr herzlichen.

So waren einige Jahre vergangen, als Flora sich zum zweitenmal mit einem Gutsbesitzer namens Werner verheiratet hatte. Die poetische Flora und ein Landwirt! Was das für ein Gegensatz sein mußte, malten sich Ilse und Nellie oft aus, aber sie hatten doch schon aus Floras Briefen ersehen, daß diese sich geändert haben mußte, denn was sie schrieb, klang ganz vernünftig, und nur selten noch erging sie sich in überspannten Schwärmereien. Über ihre zwei kleinen Mädchen von sechs Jahren, ein Zwillingspärchen, schrieb sie glücklich und stolz und brannte darauf, sie den Freundinnen zeigen zu können. Fast jeder ihrer Briefe enthielt eine dringende Einladung. Die Freundinnen hatten sich seit Jahren nicht wiedergesehen, und Flora schien nicht vergessen zu haben, in welcher Weise Ilse und Nellie ihr einst in der schweren Zeit beigestanden hatten.

Auch heute bat sie wieder in dem Brief, den Ilse soeben zu Ende gelesen hatte, um ihren und der Kinder Besuch; sie schilderte verlockend, wie herrlich jetzt das Landleben sei, und schrieb, daß sie auch Nellie gebeten habe, mitzukommen.

Leo riet seiner Frau dringend, die Einladung anzunehmen, und nach einigem Hinundherüberlegen entschloß sich Ilse auch dazu und antwortete Flora, daß sie kommen und, wenn es ihr passe, um die und die Zeit mit den Kindern eintreffen werde. Ruths Ferien sollten in den nächsten Tagen beginnen, und auch ihr und Marianne würde ein Aufenthalt in der reinen Landluft guttun.

Nun galt es aber, auch Nellie zum Mitkommen zu bewegen, die es zunächst als eine Unmöglichkeit hinstellte, ihren Mann zu verlassen. Was sollte Fred ohne ihre sorgende Hand anfangen, nur allein auf das Dienstmädchen angewiesen! Nein, nein, das gehe nicht, erklärte sie rundheraus.

Aber Ilse gab sich damit nicht zufrieden: sie steckte sich hinter den Direktor, sagte ihm, sie finde, daß Nellie schlecht aussehe, und stellte ihm dies so beharrlich vor, bis er schließlich selbst fand, daß seine Frau erholungsbedürftig sei.

Nellie war deshalb nicht wenig erstaunt, als ihr Mann plötzlich darauf bestand, sie solle mitreisen und sich erholen. Seine Sorge für ihre Gesundheit war etwas ganz Ungewöhnliches und, wie sie meinte, Unnötiges. Sie war ja gesund; aber der arme Fred, der sich so abquälen mußte, der mußte gepflegt und gehegt werden, machten ihm seine dummen Nerven doch so oft zu schaffen. Und nun sollte sie ihn verlassen? Er wollte in der staubigen, heißen Stadt allein zurückbleiben und arbeiten, immer arbeiten? Niemand würde da sein, der für ihn sorgte, wenn er müde und abgespannt nach Hause kam, niemand, der an eine Erholung für ihn dächte und seine Wünsche, ehe sie nur ausgesprochen wurden, zu erfüllen suchte. Oh, sie würde keine ruhige Minute auf der Reise haben, nicht die Spur von Vergnügen! Sie würde fortwährend voller Sorge an ihn denken.

Das alles klagte sie Ilse unter Tränen und ahnte nicht, daß diese sich heimlich ins Fäustchen lachte, als sie sah, daß ihre Bemühungen erfolgreich gewesen waren. Sie fand es ganz heilsam für den nervösen Direktor, daß er einmal ohne Nellie fertig werden sollte, denn nach ihrer Meinung war er sich noch viel zu wenig bewußt, was er an dieser Frau besaß, die ganz und gar in ihm aufging und nur für ihn auf der Welt zu sein schien.

Mit Vorstellungen und Ratschlägen war bei Nellie nichts auszurichten; sie gab stets zur Antwort, daß Ilse gar nicht beurteilen könne, wie elend ihr Fred oft sei, und trotz aller Liebe für die Freundin fand Nellie dennoch, daß Ilse solche Dinge zu leicht nehme. »Ich bitte dich«, flehte sie die Freundin an, »rede es Fred aus, daß ich fort soll! Sage ihm, daß du mich frisch und gesund findest und daß ich keine Erholungsreise nötig habe, denn er gibt so viel auf dich!«

Ilse erklärte ganz offen, sie werde sich wohl hüten, so etwas zu tun. So mußte sich Nellie denn ins Unvermeidliche fügen. Fred hatte ihre Bitten zuerst geduldig angehört, aber als sie diese auch noch mit Tränen begleitete, war er schließlich so nervös und ungeduldig geworden, daß sie endlich hatte nachgeben müssen. Wie ein Schatten schlich sie die Tage vor der Abreise im Haus umher und schrieb ellenlange Zettel, auf denen die bis ins kleinste gehenden Anordnungen für das Dienstmädchen während ihrer Abwesenheit standen. Alle Lieblingsgerichte ihres Mannes sollten gekocht werden, außerdem sollten zum Frühstück und Abendessen noch besondere Leckerbissen auf den Tisch kommen, so daß der arme, verlassene Mann wenigstens nicht zu darben brauchte.

Endlich war die Stunde der Abreise gekommen, und der Direktor und Leo begleiteten ihre Frauen zum Bahnhofe. Ersterer mußte noch unzählige Ermahnungen über sich ergehen lassen, und mit schwerem Herzen nahm Nellie von ihm Abschied. Auch Onkel Heinz erschien noch im letzten Augenblicke. Aus jeder seiner Rocktaschen guckte eine Tüte heraus, die von den Kindern mit Jubel begrüßt wurde.

»Ich bin überzeugt, die beiden Strohwitwer werden sich herrlich vergnügen«, sagte Ilse, um Nellie etwas aufzuheitern. Im gleichen Augenblick rief Gontrau dieser neckend zu, daß er ihren Mann jeden Abend zu einem gemütlichen Schoppen abholen werde, denn sie müßten doch ihre Freiheit genießen. »Siehst du wohl!« bemerkte Ilse lachend.

Aber spaßhaft war es Nellie keineswegs zumute, im Gegenteil bat sie Leo in vollem Ernst, ihren Fred doch ja nicht zu verführen, er könne so wenig vertragen und müsse es nachher immer büßen, wenn er einmal des Guten zuviel getan habe.

»Seien Sie nur ganz ruhig, Frau Althoff!« sagte Onkel Heinz mit pfiffigem Lächeln. »Ich werde auf die beiden Männer achten!«

»Oh, Sie sind mir der Rechte!« erwiderte Nellie, die den Spott aus seinen Worten gut herausfühlte.

Als sich der Zug in Bewegung setzte, flatterten noch lange die Taschentücher aus dem Abteilfenster.

Nellies gedrückte Stimmung hielt nicht lange an, denn die Freude der beiden Kinder wirkte ansteckend. Sie hatten fortwährend zu fragen und zu zeigen, wollten bald dies, bald jenes wissen, bald essen, bald trinken, kurz und gut, es bedurfte der ungeteilten Aufmerksamkeit beider Frauen, um sie zufriedenzustellen.

So verflog denn die Zeit mit Windeseile, und schon hielt der Zug auf der letzten Station an, wo Flora sie mit dem Wagen erwartete.

Ihre Freude über das Wiedersehen war eine aufrichtige; sie konnte sich an Ruth und Marianne gar nicht satt sehen.

Dann, als sie im Wagen saßen, musterten die Freundinnen einander mit großem Interesse. »Du hast dich aber gar nicht verändert!« hieß es. »Etwas stärker bist du geworden.« – »Und du siehst viel wohler aus als früher.« Solche und ähnliche Redensarten mehr wurden ausgetauscht, wie es zu geschehen pflegt, wenn man sich nach jahrelanger Trennung wiedersieht.
Flora hatte sich in der Tat sehr zu ihrem Vorteil verändert. Durch die Landluft hatte sie frischere Farben bekommen, was ihr sehr gut stand; auch paßte der Vergleich mit einer Hopfenstange nicht mehr auf sie. Nur der Ausdruck ihrer wasserblauen Augen war derselbe geblieben, und als der Wagen durch blühende Wiesen und üppige Kornfelder dahinfuhr und Flora den Freundinnen zeigte, was davon zu ihrem Besitztum gehörte, hatte sie wieder den alten schwärmerischen Blick in die nebelgraue Ferne gerichtet, als ob sie von dort etwas Besonderes erwarte.
Die Fahrt in der frischen Luft nach der staubigen Eisenbahn war herrlich. Zwar brannte noch heißer Sonnenschein herab, aber hier in der freien Natur war die Hitze weit erträglicher als vorhin im Abteil, in dem eine Temperatur wie in einem Backofen geherrscht hatte.
Jetzt fuhren sie durch ein kleines Tannenwäldchen, das unter den warmen Strahlen einen köstlichen Duft ausströmte, dann bogen sie wieder in die staubige Landstraße ein und konnten nun schon die ersten Häuser des Dorfes erblicken, an dessen Ende sich das Gut befand.
Als sie die sauberen Häuschen erreicht hatte, hinter deren blumengeschmückten Fenstern neugierige Gesichter zum Vorschein kamen, während barfüßige

Bauernkinder lustig schreiend hinter dem Wagen herliefen, da schien sich Flora wie eine Königin in ihrem Reich zu fühlen. Sie nickte den Leuten freundlich, aber doch mit hoheitsvoller Miene zu und wehrte drohend die Kinder ab, die zu nahe an den Wagen herankamen. »Sie kennen mich alle«, sagte sie stolz, »und ich darf auch wohl sagen, daß ich ihnen eine brave Gutsherrin bin.« – »Wie geht's dem Vater?« fragte sie im Vorbeifahren ein halbwüchsiges Mädchen, deren Antwort in dem Geräusch der Räder erstarb, aber Flora rief ihr noch zu: »Ich komme in diesen Tagen und bringe ihm wieder Wein.«
Die Dorfstraße war bald zu Ende, jetzt kreuzten sie noch einen kurzen Feldweg, kamen dann an einigen großen Scheunen vorbei, hinter denen stattliche Misthaufen den tüchtigen Landwirt erraten ließen, und fuhren nun in den Gutshof ein.
»Vor das Schloß fahren!« befahl Flora mit komischer Würde.
Der Kutscher lenkte in einen breiten Weg ein, der mitten durch den Garten führte, und hielt vor einem großen kastenartigen Gebäude. Es war das sogenannte »Schloß«. Nur gut, daß ihm Flora selbst diese Bezeichnung gegeben hatte, denn Nellie und Ilse hätten es sicher nicht mit dem stolzen Namen belegt. Es zeigte eine lange Front mit vielen Fenstern, aber ohne jeden Zierat. Nur ein in Stein gemeißeltes Wappen über der Eingangstür ließ erraten, daß die früheren Bewohner Adelige gewesen waren.
»Es gehörte einem Baron von H.«, erklärte Flora, als sie bemerkte, daß die Freundinnen das Wappen, das einen Eberkopf darstellte, aufmerksam betrachteten.

In demselben Augenblick öffnete sich die Tür, ein schlankes, junges Mädchen trat heraus, an jeder Hand einen kleinen Blondschopf führend: Käthe mit Floras Zwillingen. Nun gab es wieder eine Menge Fragen, die bunt durcheinanderschwirrten. Also das war Käthe! Das verschüchterte Kind hatte sich zu einem hübschen Mädchen entwickelt; Nellie und Ilse mußten sie immer wieder betrachten. Und dann die Zwillinge! Glichen sie wohl Flora? Ruth war sofort zu ihnen gelaufen und erzählte ihnen von der Reise, von Onkel Heinz und den Bonbons, die er ihnen geschenkt hatte.

Aber die beiden Kleinen sahen sie und Marianne nur scheu an und gaben keine Antwort.

»Thusnelda, Hildegard, so gebt doch eure Händchen!« rief Flora, als sie sah, wie sich Ruth umsonst mit ihnen abmühte

Nach diesen hochtrabenden Namen sahen die Kinder allerdings nicht aus; ländlich gesund erschienen sie, mit prallen roten Backen, hellen blauen Augen und strähnig blondem Haar.

Ilse ertappte Flora bei demselben vergleichenden Blick, den auch sie in diesem Augenblick über die vier Kinder gleiten ließ, als sie so beisammenstanden. Fast jede Mutter ist eitel und findet ihre Kinder am hübschesten. So mochte wohl auch Floras Urteil zugunsten ihrer Zwillinge ausfallen, aber daß Ilses Mädchen einen feineren Eindruck machten, schien ihr doch unwillkürlich aufzufallen, denn sie fand plötzlich, Thusnelda und Hildegard müßten wohl sehr umhergetollt sein, weil sie so hochrote Wangen hätten. »Sonst haben sie nämlich frische, aber zarte Farben«, wandte sie sich an Ilse und Nellie. Dann schalt sie, daß Käthe den

Zwillingen die Haare so glatt gekämmt habe, und fuhr mit einem Blick auf Ruths Locken über die Blondköpfe, als könnten sich unter dieser Berührung die glatten Strähnen in Locken verwandeln. »Aber nun kommt herein!« sagte sie, als die Begrüßung vorüber war, und fragte ihre Kinder: »Wo ist denn der Papa?«
»Vater ist im Schweinestall bei den kleinen Ferkelchen«, berichtete Thusnelda mit lauter Stimme. Es war das erste Wort, das sie sprach.
Flora konnte bei dieser prosaischen Auskunft eine kleine Verlegenheit nicht verbergen.
»Ach, liebe Tante Flora, wo sind die kleinen Ferkelchen? Ich möchte sie gerne sehen«, bettelte Ruth, für die ein solcher Anblick hochinteressant war.
»Später, später!« antwortete Flora flüchtig.
Sie hatte ihre Gäste mittlerweile die Treppe hinaufgeführt und in die Fremdenzimmer geleitet. Das Innere des Hauses glich ganz dem Äußern. Die weißgetünchten Wände sahen sauber, aber nüchtern und kahl aus, der helle Estrich und die frischgescheuerten Treppen brachten ebenfalls keine Abwechslung in die Eintönigkeit der Farben. Auch die Zimmer schienen soeben erst aus den reinigenden Wasserstürzen hervorgegangen zu sein, denn ein feuchter Geruch schlug den Eintretenden entgegen. Aufdringlich wirkten die Tapeten, deren grelle Muster selbst die farbenreichen Öldruckbilder an den Wänden um alle Wirkung brachten. Altmodische, steifbeinige Möbel, mit buntem Kattun überzogen, bildeten die Einrichtung; über die Tischdecke, schwarz mit großen roten Blumen, war als Schutz noch eine weiße Serviette gebreitet, und auf dieser stand ein großer Feldblumenstrauß, das einzig Geschmackvolle in dieser Umgebung.

Aber gleichviel. Schon die peinliche Sauberkeit war für die in dieser Hinsicht nicht verwöhnten Städter eine Wohltat, und mit noch größerer Wonne sogen sie die herrliche Landluft ein, die durch die offenen Fenster hereinströmte.

Nellie las auf Floras gespanntem Gesicht die Frage: Nun, wie gefällt es euch hier? Deshalb lobte sie in ihrer Gutmütigkeit alles.

»Nicht wahr, es ist ganz gemütlich hier? Die Möbel stammen noch von den Großeltern des Barons, sind also ganz antik«, erwiderte Flora und zeigte dabei stolz auf die kattunbezogenen Steifbeine. »Aber nun will ich nicht weiter stören; ihr werdet euch erfrischen wollen. Wenn ihr fertig seid, erwarte ich euch im Eßzimmer, im unteren Flur die Tür rechts.« Mit freundlichem Nicken ging sie hinaus.

Marianne hatte die rotwangigen Zwillinge gleich in ihr sanftes Herz geschlossen, während Ruth die kleinen Ferkel, nach denen sie sich immer wieder erkundigte, vorläufig noch viel interessanter schienen als die neuen Freundinnen, denn sie meinte, die habe sie noch gar nicht gern, sie sprächen ja nichts und sähen genauso aus wie die Bauernkinder, die ihnen vorhin begegnet seien.

Mit aller Entschiedenheit verwies Ilse der vorlauten Tochter ihr rasches Urteil, indem sie ihr klarmachte, daß sie dergleichen ja nicht etwa zu Tante Flora, überhaupt nicht zu andern sagen dürfe.

Als die beiden Frauen mit den Kindern einige Zeit später ins Eßzimmer, einen großen, hellen Raum, traten, fanden sie hier neben Flora, Käthe und den Zwillingen ihren Wirt, auf dessen Bekanntschaft sie begreiflicherweise höchst neugierig waren.

Nur flüchtig glitten deshalb Ilses Blicke über die prächtigen Geweihe an den Wänden, die sie sich als Kennerin sonst gewiß eingehend betrachtet hätte, und blieben an der mächtigen Gestalt des Hausherrn haften, neben der seine schmächtige Frau völlig verschwand. Die ästhetische Flora und dieser Koloß, den Ilse auf zweihundert Pfund schätzte – einen größeren Gegensatz konnte man sich nicht vorstellen. Auf den breiten Schultern saß ein kugelrunder Kopf, dessen rosige Haut durch die hellen, kurzgeschorenen Haare schimmerte, rot waren auch sein joviales Gesicht und seine kräftigen Hände, breit und gedrungen der Nakken, der in einer dicken Falte über dem Rockkragen lag. Wie kam Flora zu diesem verkörperten Bilde der Prosa? Sah sie ihn etwa durch die verklärende Brille der Poesie an?

Ob sie nun die forschenden Blicke von Nellie und Ilse bemerkte, oder ob ihr von selbst die rosige Rundlichkeit ihres Gatten auffiel, sie strich über seine Stirne und fand, daß er sehr erhitzt sei.

Hatte er wohl sonst auch so zarte Farben wie die Zwillinge? Diese Frage konnte man unausgesprochen hinter dem schelmischen Lächeln von Nellie vermuten.

»Der Ärmste hat in der großen Hitze auf den Feldern sein müssen!« wandte sich Flora an die Freundinnen, während man sich zum Essen um den Tisch niedersetzte.

»Ja, ja, es ist zum Braten draußen«, erwiderte ihr Mann und wischte sich die hellen Perlen von der Stirn. »War wohl auch 'ne nette Temperatur in der Eisenbahn, was?« wandte er sich an seine Nachbarinnen.

»O ja«, entgegnete Ilse lachend. »Aber dafür haben wir's auch jetzt gut, hier ist es ja herrlich kühl. In der Stadt fanden wir es unerträglich und freuten uns deshalb sehr, als Ihre liebenswürdige Einladung ankam.«
»Wenn das Wetter nur gut bleibt, damit wir Ausflüge machen können! Die Umgebung ist so schön«, sagte Flora.
»Was? Wetter schön bleiben! Regen müssen wir haben, es ist die höchste Zeit. Der ist nötig wie 's liebe Brot. Das Land ist wie ausgedörrt, alles vertrocknet; wenn's so fortgeht, werden wir bald kein Futter fürs Vieh mehr haben.«
»Aber August, jetzt, wo wir so viele Gäste haben, dürfen wir uns doch keinen Regen wünschen!« erwiderte Flora vorwurfsvoll. Es war ihr offenbar peinlich, daß ihr Mann so sprach.
Doch Ilse enthob sie ihrer Verlegenheit und sagte: »Ich bitte dich, Flora! Dein Mann müßte kein guter Landwirt sein, wenn er nicht so dächte. Als einstiges Landkind weiß ich ganz genau, was es bedeutet: kein Regen!«
»So, Sie haben auf dem Land gewohnt?« fragte der Gutsbesitzer voll Teilnahme und sah Ilse daraufhin noch einmal genauer an.
»Aber, August«, rief Flora, »ich habe dir doch alles von Frau Gontrau und Frau Althoff erzählt!«
»Ja, Kind, das habe ich, offen gestanden, wieder vergessen. Mir geht so vieles durch den Kopf, daß ich für so etwas kein Gedächtnis habe.«
»August!« Sie warf ihm einen bedeutungsvollen Blick zu.
»Das kenne ich von Fred genau!« tröstete Nellie. »Der

arme Mann ist oft so vergeßlich. Das kommt von seinem anstrengenden Beruf, dadurch sind seine Nerven auch sehr angegriffen.« Hier anknüpfend, erzählte sie die ganze Leidensgeschichte des armen vielgeplagten Fred, und wie schwer es ihr geworden sei, ihn zu verlassen, da er ihrer Pflege so sehr bedürfe.

Flora hörte zu und tröstete, so gut sie konnte.

Währenddessen entspann sich auch zwischen Ilse und Herrn Werner eine längere Unterhaltung, die ihn aber nicht hinderte, dem Essen und Trinken tüchtig zuzusprechen. Voll Staunen sah die junge Frau die großen Portionen verschwinden; trotz der Hitze schmeckte es ihm herrlich. Übrigens wurde ihr Floras Riesenmann mit jedem Worte sympathischer. Die feinen Umgangsformen eines Salonmenschen fehlten ihm allerdings, dafür war er zu derb, dabei aber natürlich, offen und in seiner Art liebenswürdig, das Urbild der Kraft und Gesundheit. Er schien sehr erfreut, in der Freundin seiner Frau eine Liebhaberin und Kennerin der Landwirtschaft zu finden, die für alles, was dazugehört, viel Verständnis hatte. Ilse erzählte ihm unter anderem, daß ihr Vater jetzt einen großen Teil seiner Ländereien mit Zuckerrüben bebaut habe und daß er zur bequemen Beförderung der Rüben eine kleine Bahn über die Felder legen lasse. Über alle Einzelheiten, nach denen er fragte, konnte sie ihm Auskunft geben, was ihn sehr interessierte, da auch er gerade im Begriffe stand, einen Teil seiner Felder zur Rübenkultur vorzubereiten. Sie sprach wie ein Fachmann über die neuen landwirtschaftlichen Maschinen und die besten Düngemittel und folgte aufmerksam seinen Ausführungen, als er ihr von seiner Schweinezucht berichtete, die, wie er hoffte, recht einträglich werde.

Flora hörte nur noch mit halbem Ohr auf Nellie, verstohlen beobachtete sie die beiden andern und war zuerst nicht sehr erbaut, daß August seine Nachbarin nicht über andre Gegenstände unterhielt. Als sie aber bemerkte, daß Ilse ganz zufrieden aussah und lebhaftes Interesse zeigte, da beruhigte sie sich wieder. Dabei war sie jedoch immer noch in einiger Aufregung darüber, welchen Eindruck ihr August wohl auf die Freundinnen gemacht habe, und sie nahm sich vor, sie nachher offen darüber auszufragen.

Die Kinder hatten sich inzwischen auch angefreundet und saßen nicht mehr so schüchtern und still auf ihren Stühlen wie zu Beginn der Mahlzeit. Besonders Ruth rückte ungeduldig hin und her; sie konnte ja den Augenblick nicht abwarten, bis sie die kleinen Schweinchen sehen durfte; deshalb war niemand froher als sie, als Flora jetzt aufstand und verkündete, daß der Kaffee unter der großen schattigen Kastanie im Garten getrunken werden sollte.

Dort war es köstlich. Die breiten herabhängenden Äste wölbten sich zum schützenden Dach über dem Platz, aber die Sonne stahl sich doch durch die kleinen Ritzen und Löcher in dem grünen Blättergewirr und malte helle Flecke auf den beschatteten Kiesweg, die gelben Gartenstühle und Bänke, die blanken Tassen und Teller, und als sich Werners mit ihren Gästen niederließen, tanzten und flimmerten sie auch auf den Gesichtern, den Haaren und Kleidern. Von dem großen Rasenplatz vor dem Hause sandte ein Rosenbeet seine süßen Düfte herüber, vermischt mit dem Wohlgeruch der Reseda, mit der die Beete eingefaßt waren.

Ilse und Nellie konnten des Lobes kein Ende finden

über den schönen Platz, und Nellie dachte im stillen, daß diese grüne Umgebung, die freie Luft einen weit besseren Hintergrund für den rosigen Hausherrn und seine ebenso rosigen Töchter abgaben als die gedämpften Töne im Zimmer.
In lustiger Stimmung wurde der Kaffee getrunken und der riesengroße Kuchen verzehrt, der stolz mitten auf dem Tisch prangte und für die Kinder eine wahrhaft magnetische Anziehungskraft zu haben schien, denn sie ließen ihn nicht aus den Augen, bis jedes ein Stück auf dem Teller hatte.
Gegen Abend forderte Herr Werner zu einem Rundgang durch sein Besitztum auf, was besonders von Ruth jubelnd aufgenommen wurde, sollte sie doch nun endlich zu dem heißersehnten Anblick der Ferkelchen gelangen. Überhaupt, was gab es da alles für die Kinder zu sehen! Aber unbekannt waren ihnen diese Dinge nicht, sie wußten ganz gut Bescheid, da sie ja fast alle Jahre zu Besuch bei den Großeltern in Moosdorf gewesen waren und das Leben auf dem Lande recht gut kannten.
Es wurden die Scheunen besehen und die Ställe, man ging über den Geflügelhof. Alles war in bester Ordnung, und wenn die große Gestalt des Besitzers erschien, konnte man aus den Mienen der Untergebenen merken, daß er ein strenges, aber gerechtes Regiment führte.
»Unsere Konzerte bestehen hier nur aus Naturlauten«, sagte Flora scherzend, als das Blöken der Kühe, das Wiehern der Pferde und das Grunzen der Schweine ihnen noch nachtönte, als sie die Wirtschaftsgebäude verließen und in den Wiesenweg einbogen, um noch einen kurzen Spaziergang über die

Felder zu machen. Ein starker Heugeruch kam ihnen entgegen. Die Leute waren gerade dabei, das Heu mit der Gabel zu wenden; morgen in aller Frühe sollte es eingefahren werden. Wie prachtvoll und üppig standen die Felder! Die Ähren waren straff und voll. Kornblumen und leuchtendroter Mohn, auch Kornraden und zarte Winden faßten sie wie ein Gewinde ein. Achtlos gingen Thusnelda und Hildegard daran vorüber, aber Ruths dunkler Lockenkopf und Mariannes blondes Köpfchen tauchten bald hier, bald dort zwischen den Ähren auf. Das Blumenpflücken war für die Stadtkinder ja eine wahre Wonne. Mit ganzen Händen voll bunter Blumen kamen sie zurück, und Käthe, die nicht mitgegangen war, weil sie im Hause zu tun hatte, nahm ihnen die duftige Bürde ab und ordnete sie zu einem großen Strauße, den sie auf die gedeckte Abendtafel unter der Kastanie stellte.

Der etwas befangene und fremde Ton, der am Mittag geherrscht hatte, machte heute abend einer ganz andern Stimmung Platz; in lebhaftem Gespräch unterhielten sich die Erwachsenen, während die Kinder geradezu übermütig umhertollten und Käthe ihre liebe Not hatte, sie zu bändigen. Um neun Uhr wurde die kleine Gesellschaft trotz alles Bettelns und Quälens zu Bett geschickt, ihr Sprechen und Lachen hörte man aber noch lange durch die offenen Fenster; es tönte mit dem Zirpen der Grillen und dem Froschquaken um die Wette durch die abendliche Stille.

Pünktlich um zehn erhob sich auch der Hausherr, um zur Ruhe zu gehen, worauf auch Nellie und Ilse ebenfalls pflichtschuldig aufstanden. Wie schade! Sie hätten den Abend so gerne noch genossen, jetzt erst wurde es ja kühler hier draußen. Daher waren sie sehr

erfreut, als Flora sie fragte, ob sie nicht noch aufbleiben wollten.
»Gerne, gerne!« riefen sie beide mit einem fragenden Blick auf Herrn Werner.
»Deshalb brauchen wir noch nicht schlafen zu gehen!« erwiderte Flora. »August steht des Morgens jetzt schon um vier Uhr auf, da ist er abends natürlich müde. Die Damen entschuldigen dich gern, lieber Mann, nicht wahr?« wandte sie sich an die beiden.
»Selbstverständlich!« gaben sie zur Antwort.
»Na, dann schlafen Sie recht gut!« sagte der Hausherr und reichte den jungen Frauen die derbe Rechte. »Und erzählen Sie mir morgen früh, was Sie geträumt haben! Das geht wohl in Erfüllung, wenigstens sagt es meine Frau; die weiß in solchen Dingen gut Bescheid. Ich kenne keine Träume. – Gute Nacht, Frau!« sagte er dann freundlich zu Flora. »Vergiß nicht, morgen früh mit der Mamsell das Milchgeld abzuzählen, ob's stimmt! Die mogelt gern ein bißchen. Und dann sorge dafür, daß Hesse mit der Butter nicht zu spät fortfährt, damit er nicht in die Hitze kommt! Er bummelt und trödelt gerne. Und nochmals gute Nacht!«
»Ja, ja, es wird schon alles besorgt werden!« entgegnete Flora leicht errötend. Die Aufträge schienen ihr nicht gerade angenehm zu sein.
Als die schweren Tritte von Herrn Werner auf dem knirschenden Kies verhallt waren, hörte man noch eine Weile seine laute Stimme, wie er mit dem Verwalter sprach, und dann wurde drinnen ein Fenster zugeschlagen.
»Er hat ein Herz wie Gold, wenn er auch manchmal etwas barsch erscheint; das meint er gar nicht so«, fing Flora auf einmal ohne äußeren Zusammenhang an.

Aber ihren Gedankengang errieten die Freundinnen in diesem Augenblicke leicht, und beide versicherten deshalb zu gleicher Zeit, wie gut ihnen Herr Werner gefalle und wie glücklich Flora im Besitze eines so prächtigen Mannes und so lieber Kinder sein könne.
»Ja, ja, das bin ich auch«, erwiderte Flora in aufrichtigem Tone, blickte dann aber gedankenvoll, wohl in Erinnerung an die Vergangenheit versunken, vor sich hin. Vieles, vieles ging ihr in dieser Minute durch den Sinn. »Ihr habt immer treu zu mir gehalten, ihr Lieben«, sagte sie nach einer Weile plötzlich zu den Freundinnen, ihnen herzlich die Hände drückend, und fuhr dann fort: »Ich glaube, daß wir uns jetzt auch noch besser verstehen werden als früher. Ich habe mich in manchen Dingen geändert, denn ich sah ein, daß ich mit meinen idealen Anschauungen nicht in diese materielle Welt paßte. Ihr habt mich ja oft verlacht und verspottet – ja, ja, das weiß ich –, aber es war mir wirklich ernst mit meinen Gefühlen. Durch den Tod meines ersten Mannes bin ich eine andre geworden; Gewissensbisse und Vorwürfe haben so lange an mir genagt, bis sich mir das Glück zum zweitenmal mit der Hand meines guten August darbot. Er ist ein echter Landmann und hat nur Interesse für seinen Beruf. Im Anfang unsrer Ehe versuchte ich, ihn in die Welt der Poesie einzuführen, und habe ihm häufig abends vorgelesen, doch er war zu müde und schlief dabei ein. Da habe ich mir gesagt, es sind ja nicht nur diejenigen poetisch veranlagt, die Gedichte lesen und schreiben; wenn man nur sucht, kann man auch dem praktischen Leben ideale Seiten abgewinnen.«
»Bravo, bravo!« rief Ilse; so vernünftig hatte sie Flora noch niemals sprechen hören.

»Und wie ist es mit Käthe?« fragte Nellie.
»Wir verstehen uns prächtig! Sie ist und bleibt ja ein verschlossenes Mädchen, aber für die Zwillinge sorgt sie rührend, denn Kinder liebt sie über alles.«
»Wie schön für dich!« sagte Nellie.
»Anfangs hatte ich meine liebe Not mit Käthe; sie war so störrisch, wollte nichts von mir wissen. Doch das wißt ihr ja alles. Wir wollen nun nicht mehr von vergangenen traurigen Zeiten sprechen.« Sie sagte das mit einem tiefen Seufzer; dem neuen Wendepunkt in ihrem Leben mochten wohl viele heiße Kämpfe gefolgt sein, bis aus dem überspannten Wesen eine normal denkende Frau geworden war. »Nun, und Orla?« fragte sie plötzlich. »Was habt ihr von der gehört? Bis in meine ländliche Einsamkeit dringen ihre Briefe nicht. Übrigens, etwas hochfahrend war sie immer; trotzdem mochte ich sie gerne leiden, hatten wir doch viele gemeinsame Interessen, denn sie strebte ja, ebenso wie ich, nach etwas Höherem.«
Also für ähnlich veranlagt wie Orla hielt sich Flora immer noch! Nun, diesen Spaß konnte man ihr lassen, wenn sie nur in ihrem Handeln verständig blieb.
»Orla geht es jetzt ausgezeichnet!« rief Ilse. »Ihr Mann hat durch die Vermittlung ihrer einflußreichen Verwandten am Hospital in Petersburg eine Stellung bekommen, die mit großen Einnahmen verbunden ist. Durch den Tod eines alten Onkels von Orla ist ihnen auch noch ein ziemlich bedeutendes Vermögen zugefallen. Du kannst dir denken, daß sie ein großartiges Leben führen.«
»Ein Leben im großen Stile!« sagte Flora wie zu sich selbst. »Davon habe ich auch oft geträumt. Natürlich Dienerschaft in Menge?«

»Jedenfalls«, entgegnete Ilse lachend; »darüber schreibt sie aber nichts. Du weißt ja, das Dienstbotenkapitel, wenn es je einmal aufs Tapet kam, interessierte Orla nicht im mindesten. Sie schreibt nicht oft, aber dann lange, ausführliche Briefe, und aus jeder Zeile klingt es heraus, daß sie sich glücklich fühlt, glücklich in der Ehe, glücklich, daß sie wieder in ihrem geliebten Rußland leben kann. Künstler und Gelehrte verkehren bei ihr, kurzum, sie ist ganz in ihrem Element. Ich kann mir vorstellen, daß sie eine gefeierte Frau ist, klug, schön, reich!«
»Ja, ihr ist es geglückt«, sagte die Gutsbesitzersfrau seufzend. »Sie lebt in der großen Welt, wird bewundert, gilt etwas, während andre in Einsamkeit verschimmeln und verbauern. Wie viele Kinder hat sie eigentlich?« fragte Flora; »in meiner Einsamkeit erfahre ich ja gar nichts.«
»Vier Stück im Alter von acht, sechs, vier, zwei Jahren. Lauter Prachtkerle, sage ich dir!« antwortete Ilse.
»Oh, süß!« schwärmte Nellie, und ein wehmütiger Schatten überflog ihr Gesicht. »Ich will das Bild dir morgen zeigen.«
»Heute abend noch, bitte, heute abend noch!« bettelte Flora, die zu neugierig war, es zu sehen. Orlas Schicksal erfüllte sie doch mit etwas Neid, den sie nicht gut unterdrücken konnte. Aber schneller als früher kam sie darüber hinweg in dem Bewußtsein, daß sie ja auch ihren Wirkungskreis habe, genau wie Orla. Der einzige Unterschied war der, daß diese als Schauplatz die große Welt hatte, während der ihre hier in der stillen Abgeschiedenheit lag. Was sollten die Armen und Kranken in der Umgebung, denen sie oft der einzige

Trost, die einzige Hilfe war, wohl ohne sie anfangen!

Die Nacht war schon weit vorgeschritten, und die Freundinnen saßen noch immer unter der Kastanie, welche alle die alten Erinnerungen, die zwischen den dreien ausgekramt wurden, mit anhörte. Die Lichter im Hause, auf dem Hofe, in dem Dorfe waren lange verlöscht, und die kleine einsame Gartenlampe war der einzige Lichtpunkt in der Runde. Droben aber glänzte helles Sterngeflimmer am klaren Nachthimmel.

Vieles, vieles hatten sich die Freundinnen zu erzählen. Wenn man sich nach langer Trennung wiedersieht, dann sind die ersten Fragen, die ersten Gespräche meist sehr gleichgültiger Art. So war es auch bei unserm Dreiblatt hier gewesen. Nun aber die Schleusen ihrer Beredsamkeit einmal geöffnet waren, konnten sie kein Ende finden. Der würdigen Frau Superintendentin Rosi mochten an diesem Abend wohl die Ohren geklungen haben. Viel Gutes wurde allerdings nicht über sie gesprochen, desto mehr wurden ihr Mann und Fritz gerühmt.

Schließlich bedurften die vom Sprechen trocken gewordenen Kehlen noch einer Erquickung; Flora holte deshalb einen großen Korb voll frisch gepflückter Kirschen heraus, und ein lustiges Schmausen begann. Dann aber, als Nellie einige Male verstohlen gähnte, fiel es Flora plötzlich ein, daß ihre Gäste gewiß von der Reise müde seien, und es wurde beschlossen, die Sitzung bis auf morgen zu vertagen. Flora leuchtete ihren Gästen noch bis in ihre Zimmer und ging dann selbst zur Ruhe.

Am andern Morgen waren Ilse und Nellie rechte

Langschläferinnen. Als sie in das Nebenzimmer kamen, wo Ruth und Marianne schliefen, fanden sie das Nest leer, aber aus dem Garten hörten sie helle Kinderstimmen heraufschallen, und bei einem Blick durchs Fenster sahen sie flinke Beinchen über den taufrischen Rasen laufen.

Der Kaffeetisch war wieder unter dem Kastanienbaum hergerichtet. Jubelnd kamen die rotbackigen Zwillinge, in ihrer Mitte Marianne, herbeigelaufen, und Flora erhob sich von ihrem Sitz am Tisch. Sie hatte ein Buch vor sich liegen, in dem sie eifrig gelesen und gerechnet hatte, und sah in ihrem hellblauen Morgenkleide frisch und nett aus.

»Was magst du von uns denken!« entschuldigte sich Nellie, und Ilse meinte: »Dein Mann wird sich schön über die faulen Städterinnen lustig gemacht haben!«

Aber Flora beruhigte sie ganz und gar. August trinke fast nie des Morgens mit ihnen Kaffee, er sei schon seit fünf Uhr fort, um beim Heuaufladen zugegen zu sein.

»Nun, stimmt die Milchrechnung?« fragte Nellie lächelnd mit einer Handbewegung nach dem Buch, das vor Flora auf dem Tisch lag. Eine solche Lektüre bei der ehemaligen Dichterin!

»Ja, ja, Kinder, so etwas muß eine Gutsfrau auch tun«, entgegnete Flora, die aus Nellies Frage einen leichten Spott herauszuhören glaubte. »Poesie und Prosa gehen Hand in Hand auf dem Lande.«

»Nicht nur auf dem Lande, überall im Leben!« antwortete Ilse.

»Ich bin übrigens froh, daß die Kinder in freier, natürlicher Umgebung aufwachsen«, fuhr Flora fort; »es wird dadurch der Sinn für die Natur geweckt. Thus-

nelda ist poetisch veranlagt, das Kind hat eine ganz merkwürdige Auffassung; ihr solltet nur hören, wie sie über alles spricht, über den Gesang der Vögel, über den Sonnenschein, über den grünen Wald.«
Danach sah der Flachskopf allerdings nicht aus, und man konnte auch nur wünschen, daß er in dieser Beziehung lieber nicht von der Mutter »erblich belastet« sein möge. Äußerlich glichen die Zwillinge ja auffallend dem Vater; wie aus dem Gesicht geschnitten waren sie ihm.
»Ja, aber wo ist denn Ruth?« fragte Ilse plötzlich, sich nach allen Seiten umsehend.
In derselben Minute liefen die Kinder jubelnd und lachend einem großen, mit Heu beladenen Wagen entgegen, der, von zwei mächtigen Pferden gezogen, eben in den Hof einfuhr. Und wer saß mit Bauernkindern zusammen hoch oben in dem weichen, duftenden Neste, fröhlich singend wie eine Lerche in der Morgenfrühe? Niemand anderer als Ruth. Wie eine Katze kletterte sie herunter und warf sich ungestüm in die offenen Arme von Herrn Werner, der sie lachend auffing und auf einen der breiten Pferderücken setzte.
Ilse kam es in diesem Augenblick vor, als würde ihr ein Spiegel vorgehalten und sie sähe sich, die wilde Hummel von einst, wie ein Junge auf dem Pferde vor dem Heuwagen reiten, gerade so wie jetzt Ruth. Das war der verhängnisvolle Ausgangspunkt gewesen, von dem aus ihr Leben eine neue Wendung nahm – kleine Ursachen, große Wirkungen! Ruth glich ihr fast auf ein Haar und doch wieder nicht. Durch den gänzlichen Mangel an Erziehung, durch das ungebundene Aufwachsen auf dem Lande war aus Ilse das unbän-

dige, jungenhafte, trotzige Mädchen geworden, während bei Ruth dieselben Eigenschaften sich verfeinert hatten, so daß man sie in »temperamentvoll, eigenartig und willensstark« übersetzen konnte. Flora witterte sogar etwas Besonderes hinter ihr und prophezeite ihr eine große Zukunft.

Bestaubt, erhitzt, mit glühenden Wangen kam Ruth jetzt herbeigelaufen und umarmte ihre Mutter unter stürmischen Küssen. Sprudelnd und sich überhastend erzählte sie, daß sie schon ganz früh wach gewesen sei, und als sie zum Fenster hinausgesehen habe, sei Herr Werner unten im Garten gewesen und habe ihr zugerufen, ob sie mitwolle auf die Wiese zum Heumachen. Da habe sie sich schnell angezogen, ganz allein. »Oh, ganz ordentlich!« versetzte sie, als Ilses prüfender Blick über ihren Anzug glitt, und brach dann in den begeisterten Ausruf aus: »Herrlich war's!«

»Wo ist dein Mann geblieben?« fragte Nellie und sah suchend umher, denn der Gutsbesitzer war nicht mehr zu sehen.

»Er wird sich erst umziehen, um würdig vor euch zu erscheinen«, erklärte Flora, aber in der gleichen Sekunde erscholl seine laute Stimme von den Ställen her. Er schien mit den Knechten zu schelten, denn einzelne Kraftworte, wie »Donnerwetter! Elende Wirtschaft! Dummköpfe!«, drangen bis zur Kastanie herüber, zum Vergnügen der Zwillinge, die sich halb totlachen wollten. Flora waren diese Ausdrücke ihres erzürnten Gatten sehr unangenehm; sie wurde verlegen, schalt die Kinder aus, weil sie lachten, und wollte selbst nachsehen, was es denn gebe.

Aber da kam auch schon August den Kiesweg heraufgegangen. Seine hohen Stulpenstiefel waren voller

Staub, und der graue Drillichanzug schien zwar sehr bequem zu sein, elegant sah er aber nicht aus. Schlaff und schlappig hing die Joppe über seine breiten Schultern, und das farbige Sporthemd ließ seinen starken Hals frei, der, ebenso wie das Gesicht, vor Ärger und Hitze blaurot war.

Sein Anblick war der eines vielbeschäftigten Landmannes und hatte für Ilse daher durchaus nichts Fremdes.

Floras deutlich sprechende Blicke, die sie ihm zuwarf, schien er nicht zu bemerken, denn ohne Zögern ging er auf den Tisch zu und begrüßte Nellie und Ilse. »Ein ganz prächtiges Mädel haben Sie, Frau Gontrau!« sagte er. »Sie hat mir viel Spaß gemacht heute früh. Das wird einmal eine gute Landwirtin.«

Als er der Frau Direktor die Hand reichte, fragte diese teilnehmend: »Sie haben Ärger gehabt?«

»Ach ja, es gibt immer Ärger, manchmal ist's zum Tollwerden! Lassen die dummen Kerle die Sau mit ihren Jungen zusammen. Natürlich hat sie drei davon totgebissen. Schafsköpfe sind's«, setzte er noch hinzu und schlug mit seiner Hand kräftig auf den Tisch, daß das Geschirr klirrte.

»Ärgere dich doch nicht so, lieber August!« sagte Flora und strich ihm beruhigend über die Stirn.

»Hesse ist auch ein Esel«, fing er wieder an; »bringt beinahe die Hälfte der Butter wieder mit, die bei der Hitze natürlich schon zu einem Matsch geworden ist. Wie ist es mit dem Milchgeld, stimmt's? Der Mamsell muß tüchtig auf die Finger gesehen werden. Und dann müssen auch die Sauerkirschen gepflückt werden; sind schon eine Menge davon gestohlen worden in der letzten Nacht.«

»Ja, ja, lieber Mann, es soll alles geschehen. Aber nun stärke und erhole dich erst!« versuchte ihn seine Frau zu beruhigen, indem sie ihm mit eigener Hand appetitlich belegte Brötchen bereitete und Käthe ins Haus schickte, um ihm etwas zum Trinken zu holen.

Welche Wandlung war mit Flora vorgegangen! Mit Staunen bemerkten es die Freundinnen immer von neuem. Sie hätten es kaum für möglich gehalten, daß aus der oft verlachten und verspotteten »Dichterin« eine vernünftige Frau werden könnte, denn soweit es Floras Verlangen zuließ, war sie wirklich eine solche geworden. Zwar kamen dann und wann noch einige Überbleibsel ihrer einstigen Überspanntheit zum Vorschein, aber wer könnte auch seine innerste Natur ganz verleugnen!

Die nächsten Tage vergingen schnell, und das Landleben behagte den großen und kleinen Gästen herrlich. Den ganzen Tag draußen in der guten Luft, Abendspaziergänge durch das Dorf, die Felder und Wiesen, Spazierfahrten in der Umgebung, Picknicks im Walde, und dann, um das Beste nicht zu vergessen, die vielen trauten Plauderstunden unter dem Kastanienbaum, denen der Hausherr auch öfter beiwohnte. Er schien sich in der Gesellschaft der beiden Frauen sehr wohl zu fühlen, und auch diese hatten ihn trotz seiner etwas derben Manieren liebgewonnen. Oftmals fragten sich Ilse und Nellie untereinander, wie diese beiden so verschiedenen Menschen nur zusammengekommen sein mochten. Denn von der Frau, die aus dem Rahmen des Gewöhnlichen heraustritt, wollte August nichts wissen. »Gelehrte Weiber kann ich nicht leiden«, sagte er, als eines Tages wieder die Rede darauf kam.

Flora waren derartige Gespräche immer sehr unangenehm, das konnte man merken. »Aber, August«, widersprach sie ihm, »eine Frau kann sich für alles Schöne und Erhabene interessieren und braucht deshalb ihre Pflichten als Gattin und Mutter doch nicht zu versäumen.«

»Ach was, Firlefanzereien! Strümpfe soll sie stricken und gut kochen können, das ist die Hauptsache.«

Mit einem leichten Achselzucken schwieg Flora. Über diesen Punkt würden sie sich ja doch nicht einigen.

Nellie hatte sich nun auch an die Trennung von ihrem Fred gewöhnt; sie blühte hier ordentlich auf, und daran konnte man am besten sehen, daß sie in der Tat einer Erholung bedurft hatte. Der Direktor schrieb oft und so vergnügt und zufrieden, daß sich nach und nach auch die Angst und Sorge um ihn etwas verringerte. Sie verfaßte natürlich täglich lange Briefe, worin mit allen möglichen Abwandlungen das Thema behandelt wurde: Wie geht es dir? Fühlst du dich auch wohl? Schonst du dich genug? Arbeitest du nicht zuviel? Wirst du auch gut versorgt? Ilses Neckereien, wenn sie so stundenlang über einem Briefe saß, ertrug sie geduldig. Ja, die Freundin hatte gut reden, ihr Mann war gesund und kräftig und konnte mit dem armen leidenden Fred nicht verglichen werden.

Übrigens war der Briefwechsel zwischen dem Gontrauschen Ehepaar ebenfalls ein reger. Ilse schilderte ihrem Schatz lebhaft alle neuen Eindrücke und neckte ihn damit, daß sie nicht die Spur von Sehnsucht nach ihm habe. Er erzählte dagegen, wie wohl er sich in seinem Strohwitwertum fühle und wie angenehm es sei, einmal nicht am Gängelband geführt zu werden. Dann kam auch eines Tages ein Brief von Onkel

Heinz an die beiden Frauen, der wahre Schauergeschichten über das Leben und Treiben ihrer Ehemänner berichtete. Darauf erhielt er natürlich eine passende Antwort von Ilse. Der Wildfang Ruth hatte den lieben Onkel auch in dieser neuen Welt nicht vergessen; er hatte schon einige Briefchen von ihr bekommen und sie natürlich auch von ihm. Übrigens erschien das kleine lebhafte Ding den Zwillingen und den Dorfkindern als ein Wesen höherer Art, und wie gern ließ sie sich anstaunen! Sie erzählte ihnen Geschichten, daß sie Mund und Nase aufsperrten, und sang die Lieder, die sie in der Schule gelernt hatte, mit so reizender Stimme vor, daß auch die Großen gern zuhörten. Trotzdem aber liebten die Zwillinge Marianne weit mehr und waren ihr zärtlich zugetan, denn diese verstanden sie, was bei Ruth nicht immer der Fall war.

Eines Tages erklärte Flora, daß sie heute unbedingt einige Besuche im Dorf bei ihren Kranken machen müsse, und fragte, ob die Freundinnen sie begleiten wollten, was diese natürlich von Herzen gern taten.

So machten sie sich dann gegen Abend auf den Weg; eine Menge Wein, Fleisch und andere stärkende Sachen wurde, in Körben verpackt, mitgenommen.

»Ihr glaubt nicht, wie mildtätig August ist! Niemals kann ich den Armen genug geben«, sagte die Gutsbesitzerin, als sie mit Ilse und Nellie durch die Dorfstraße schritt.

Ein starkes Gewitter hatte am Tag vorher den ersehnten Regen gebracht, der wie ein erfrischendes Bad für die Natur gewesen war; begierig hatte der trockene Boden jeden Tropfen eingesogen. Jetzt hatte sich der Himmel wieder aufgeklärt, und die Abendsonne spie-

gelte sich in den vielen großen und kleinen Pfützen, über welche die drei Frauen hinwegschreiten mußten.
Wirklich schien man Flora Werner überall gern zu sehen. Sie blieb bald hier, bald dort stehen, fragte nach diesem und jenem und kannte fast von jedem einzelnen die Verhältnisse genau. Aber merkwürdig, ihre Freundlichkeit, ihre Art, mit den Leuten zu sprechen, konnte doch einen leise theatralischen Anstrich nicht verleugnen, und manchmal begegnete sie völlig verständnislosen Blicken, wenn sie sich ihrer hochtrabenden Ausdrücke bediente. Doch das waren nur Äußerlichkeiten, wie sich Ilse und Nellie bald überzeugen konnten. Floras Wohltätigkeitssinn war ein tief innerlicher, er kam vom Herzen, und dieses Feld der Tätigkeit, das sie sich geschaffen hatte, war recht segensreich und trug viele gute Früchte.
Wenn sie in die engen, schlecht gelüfteten Bauernstuben eintraten, flog es meist wie ein heller Schein über die Gesichter der alten Weiblein und Männlein, die im Winkel hockten, oder wenn ein Kranker in der Stube lag, hefteten sich seine Augen fragend und suchend auf den Korb, der stets etwas Gutes für ihn enthielt. Bei den jungen Müttern erkundigte sich Flora nach den kleinen Kindern, gab gute Ratschläge und war zu jeder Hilfe bereit.
Ganz am Ende des Dorfes stand ein kleines, baufälliges Haus, in dem die Witwe eines Knechtes wohnte, der im letzten Winter verunglückt war und seine Frau mit sechs Kindern, im Alter von acht bis herunter zu einem Jahr, in größter Not krank und elend zurückgelassen hatte. In diese armselige Hütte traten jetzt die drei Freundinnen. Eine warme, schlechte Luft drang

ihnen entgegen, als sie die niedrige Tür zu dem Raume öffneten, welcher der Familie zum Wohnen und Kochen diente und in dem ein grenzenloses Durcheinander herrschte. Beim Eintritt der Frauen erhob sich von einem alten, wackeligen Sofa eine gebrechliche Gestalt und versuchte schnell etwas Ordnung zu machen.

Aber Flora hielt sie davon zurück. »Lassen Sie nur, Frau Tolle! Bleiben Sie ruhig sitzen! Die Damen hier wissen schon, wie es in einer Stube aussieht, wo Kinder sich aufhalten«, sagte Flora freundlich und räumte selbst drei Stühle ab, auf denen schmutzige Wäsche, in allen Farben gestopfte Strümpfe, zerbrochenes Spielzeug, abgeknabberte Brotreste und ähnliche Dinge umherlagen. »Ich konnte leider die letzten Tage nicht kommen, weil ich Gäste habe; aber die Sachen, die ich Ihnen schickte, haben Sie doch bekommen, nicht wahr? Na, und wie geht's denn heute, Frau Tolle?« fragte Flora, indem sie sich neben diese setzte und sie prüfend betrachtete.

Über das bleiche, abgezehrte und abgehärmte Gesicht war eine flüchtige Röte gegangen, die es merkwürdig verschönte, als sie den fremden Besuch gewahrte, der heute mit der Gutsfrau gekommen war. Vor dieser selbst brauchte sie sich ja nicht zu schämen, die kam ja so oft und kannte sie so gut, die war ihr keine Fremde.

»Schlecht, schlecht!« antwortete sie leise. »Es geht immer schlechter.«

»Aber liebe Frau Tolle, Sie sehen ja schon viel wohler aus! Verlieren Sie nur den Mut nicht! Der liebe Gott wird Ihnen schon helfen«, tröstete Flora sanft und liebevoll.

Ein Kopfschütteln war die Antwort, und ein trauriger

Blick streifte dabei die Kinder, die sich in die Ecken gedrückt hatten und neugierig die Fremden anstarrten. Sie sahen schmutzig und zerlumpt aus; sauber und gut gekleidet wären es gewiß hübsche Kinder gewesen. Nur bei dem zweitjüngsten, einem kleinen Mädchen von zwei Jahren, wirkten die Lumpen geradezu malerisch bei der Schönheit des Kindes. Es saß der ältesten Schwester auf dem Schoß; wirre, ungepflegte blonde Löckchen fielen tief über sein Gesicht, das unter den Spuren schmutziger Finger dennoch rosig schimmerte. Scheu sah es mit seinen großen Augen Nellie an, die mit ihm sprach und liebkosend die nackten braunen Füßchen streichelte. »O wie süß ist das Baby!« sagte sie zu Ilse. »Wie heißt du?« fragte sie das Kind.

»Ännchen«, antwortete die ältere Schwester.

»Willst du der Tante nicht ein Händchen geben?« fragte Nellie weiter.

Das weiche Kinderhändchen legte sich zögernd in die Hand der jungen Frau, aber ohne Widerstreben ließ sich die Kleine dann von ihr auf den Schoß nehmen. Zärtlich strich ihr Nellie die hellen Ringel von der Stirn.

Flora hatte inzwischen Fleisch und Wein für die Kranke aus dem Korb genommen und versprach, für die Kinder abgelegtes Zeug zu schicken.

Müde und ohne Anteilnahme dankte die Frau.

Die Luft in dem kleinen Raum war zum Ersticken. Ilse, die kaum Atem zu holen wagte, wollte das Fenster öffnen, aber fröstelnd schauerte die Kranke zusammen, und so ließ Ilse es geschlossen.

»Wo ist denn die Mutter?« fragte Flora, sich umblikkend.

»Ach, die holt ein bißchen Futter für die Ziege!« entgegnete die junge Witwe.
»Kommt sie denn bald wieder?« forschte Flora weiter. »Sie können doch in Ihrem elenden Zustand nicht allein bleiben!«
»Die Kinder sind ja da.«
»Die können Ihnen doch nicht helfen; auf die müssen Sie ja noch dazu achtgeben, Frau Tolle. Nein, nein, so geht das nicht länger!« sagte Flora. »Und den Arzt schicke ich Ihnen morgen auch wieder, er soll jetzt alle Tage kommen. Der macht Sie bald wieder gesund, passen Sie nur auf!«
»Der kann mir auch nicht mehr helfen.« Unendlich schmerzlich klangen diese Worte.
»Das müssen Sie nicht sagen, Frau Tolle! Trinken Sie nur tüchtig von dem Wein; der kräftigt Sie, und wenn er zu Ende ist, bringe ich mehr. Ich komme bald wieder und sehe nach Ihnen. Hoffen Sie nur auf Gott! Guten Abend und recht, recht gute Besserung!«
Flora ergriff die magere, knochige Hand, die sich auch Ilse und Nellie entgegenstreckte, und dann verließ sie mit den Freundinnen diese Stätte menschlichen Elends.
Alle drei atmeten erleichtert auf, als sie draußen die frische Abendluft empfing und sie nicht mehr das jammervolle Bild vor Augen hatten. Ilse konnte sich über die Armseligkeit in dem Häuschen, die einen tiefen Eindruck bei ihr hinterlassen hatte, nicht beruhigen. Nellie sprach in einem fort von dem armen, süßen Ännchen, und Flora erzählte die Krankheits- und Leidensgeschichte der armen Frau Tolle ausführlich. Alle drei waren von dem, was sie eben gesehen hatten, schmerzlich ergriffen. »Sie hat sich nach dem letzten

Kind nicht mehr erholen können. Der Doktor sagt, es sei ein schweres Herzleiden und nicht zu heilen«, berichtete Flora. »Ach, wenn sie nur dann bald erlöst würde, die Ärmste!« Dieser Wunsch sollte in kurzer Zeit in Erfüllung gehen.

Bei dem abendlichen Zusammensein unter der Kastanie wurde der traurige Fall eingehend erörtert und in den folgenden Tagen für die unglückliche Familie ausgiebig gesorgt. Der Arzt mußte täglich nach der Kranken sehen, und eine tüchtige Pflegerin besorgte Flora ebenfalls.

Diese freundliche Fürsorge erhellte die letzten Tage der Schwergeprüften; sie wurde liebreich gepflegt, samt ihren Kindern mit allem Nötigen versehen, und so empfand sie noch einmal einen schwachen Schimmer von Glück. Eines Abends, als die untergehende Sonne auch den armseligen Raum, wo die Kranke lag, mit ihrem lichten Glanze erfüllte, schlossen sich ihre Augen für immer; ruhig und sanft schlummerte sie ein.

Die Nachricht von ihrem Tode erreichte die Gutsherrschaft gerade, als sie mit ihren Gästen fröhlich plaudernd zusammensaß, und zwar wie gewöhnlich auf dem Platz unter der Kastanie.

»Die armen Kinder, das süße Baby! Was wird daraus?« rief Nellie mit Tränen in den Augen.

»Ja, ja, wir müssen helfen«, sagte Werner überlegend. Dann fragte er seine Frau: »Wieviel Kinder sind da?«

»Sechs«, antwortete sie. »Es ist ein Jammer! Bei der halb blödsinnigen Großmutter können sie nicht bleiben, und alle die Kleinen dem Waisenhaus übergeben – es ist zu traurig!«

»Ich will sehen, ob ich nicht einige unterbringen

kann«, sagte ihr Mann. »Deichmanns auf der Domäne könnten ganz gut eins zu sich nehmen; die haben Geld und keine Kinder. Das will ich schon machen. Na, und dann denke ich, wir könnten auch eins annehmen. Was meinst du dazu, Frau? Natürlich mußt du dir's reiflich überlegen, aber wenn du willst – ich bin's zufrieden.«

»Oh, Herr Werner, dann nehmen Sie das kleine Ännchen! Es ist ein zu herziges Baby!« rief Nellie begeistert, während Ilse mit aufrichtiger Bewunderung den großen Mann mit dem guten Herzen anblickte und auch Floras Gesicht einen freudig-stolzen Ausdruck zeigte.

Den ganzen Tag nach diesem Gespräch blieb Nellie still und nachdenklich, und als sie abends mit Ilse allein in ihrem Zimmer war, da erfuhr sie, daß die Freundin fortwährend an Klein Ännchen dachte und sich ausmalte, wie das liebliche Geschöpf wohl aufblühen würde, wenn es hier erst mit den Zwillingen zusammen wäre. Mit einem tiefen Seufzer schloß sie ihre Betrachtungen.

»Höre, Nellie«, rief Ilse plötzlich, »wenn dir das Kind so gut gefällt, so nehmt es doch zu euch!«

So schnell, wie ihr der Gedanke durch den Kopf gefahren war, hatte sie ihn auch ausgesprochen. Aber Nellie wurde blutrot bei diesen Worten, und es schien beinahe, als hätte Ilse sie bei ihrem eigenen Gedanken ertappt. Doch heftig schüttelte sie den Kopf. »Nein, o nein, Ilse, denke doch – Fred!« rief sie aus.

»Na, dein Mann wird doch nicht nein sagen.«

»Oh, Fred würde es nicht wollen; nein; das geht nicht.«

»Ob dein Mann das nicht will, weißt du ja gar nicht;

aber möchtest du es denn?« fragte Ilse, die Freundin scharf beobachtend.

»Oh, ich möchte sehr gern, gewiß möchte ich! Ich liebe die Babys so sehr«, erwiderte Nellie leise. »Aber es geht nicht, es geht nicht!« fuhr sie lauter fort. »Ich habe auch keine Zeit für solch kleines Ding; Fred nimmt meine Pflege ganz in Anspruch. Ich müßte ihn vernachlässigen, oh, und das ginge doch nicht!«

Wieviel auch Ilse dagegen sagte, wieviel auch hin und her gesprochen wurde, Nellie blieb bei ihrer Ansicht. Ganz aufgeregt begaben sich die beiden zur Ruhe, jede lebhaft mit ihren eigenen Gedanken beschäftigt.

Ilse ließ sich jedoch von ihrem »guten Gedanken«, wie sie ihn nannte, nicht abbringen, wenigstens in ihrem Innern nicht, auch nachdem Nellie sie gebeten hatte, für immer darüber zu schweigen.

Am andern Tage hatten Frau Ilse Gontrau und Frau Flora Werner merkwürdig oft zusammen zu tuscheln, und die taktvolle Nellie, die keine Ahnung hatte, worüber sie sprachen, und auch gar nicht neugierig war, zog sich dann jedesmal mit den Kindern zurück, um mit ihnen zu spielen.

Nach Tisch hatten sich Ilse und Flora ins Zimmer zurückgezogen. Flora hatte einen Briefbogen vor sich liegen und schrieb eifrig, während Ilse diktierte. »Nein, so doch nicht, lieber so«, unterbrach sie sich dabei oft, und dann wieder ließ Flora ihre Bedenken einfließen. Auf diese Art wurde viel geschrieben, beinahe ebensoviel gestrichen und wieder von vorn angefangen. Was mochte das wohl für ein wichtiges Schreiben sein! Endlich aber war es fertig. Ilse hatte es abgeschrieben, und als der Briefträger kam, wurde es

diesem übergeben mit der ausdrücklichen Weisung, den Brief ja ordentlich und pünktlich zu besorgen.
Was er wohl dazu sagt? Ob er es wohl tut? Diese Fragen tauschten die beiden in den nächsten Tagen unzählige Male aus, und mit Spannung sahen sie jeden Morgen dem Briefträger entgegen.
Eines Tages erschien er, als die Freundinnen wieder wie gewöhnlich den Kaffee unter dem grünen Blätterdach einnahmen. Für Ilse hatte er nichts, aber Nellie gab er einen Brief, den sie ihm hastig abnahm. »Von Fred«, sagte sie leicht errötend, worauf sie sich erhob und ins Haus ging, um den Brief dort zu lesen, denn sie war gern allein, wenn sie die Briefe von ihrem Fred studierte.
Voller Erwartung blieben die beiden zurück. Nun sie unmittelbar vor der Entscheidung standen, hatten sie keine geringe Angst, denn es war doch ein kühnes Wagestück gewesen, das Ilse unternommen hatte.
Nach kurzer Zeit erschien Nellie in der Haustür mit dem Brief in der Hand und kam eilig über den Kiesweg gelaufen. Ilse und Flora klopfte das Herz, und sie wagten die junge Frau erst anzusehen, als sie vor ihnen stand. Sie hatte rotgeweinte Augen, in denen noch die hellen Tränen standen, aber zugleich umspielte ein glückliches Lächeln ihre Lippen. »O Ilse, was bist du eine Darling! O was bist du gut! Was hast du für mich getan!« rief sie, indem sie die Freundin umarmte und küßte. In ihrer Erregung lag sie mit der deutschen Sprache, die sie in den letzten Jahren fehlerlos gelernt hatte, auf einmal wieder im Kampfe. Wie früher mißhandelte sie diese in der komischesten Weise, als sie jetzt hastig weitersprach, freudig und gerührt zugleich. Endlich entfaltete sie den Brief ihres

Fred und las ihn mit zitternder Stimme vor. Es stand darin, daß er nichts dagegen habe, wenn sie das kleine verwaiste Kind zu sich nehmen wolle; es sei ihm sogar sehr lieb, wenn sie, Nellie, in den vielen Stunden, die sie einsam und allein zubringen müsse, etwas Unterhaltung und Zerstreuung habe, und er hoffe auch, daß das kleine Geschöpf einiges Leben in ihr stilles Haus bringen werde.

Ilse sah Flora lächelnd an. Fast wörtlich wiederholte er, was sie ihm geschrieben hatte. »Nun, Nellie, bist du zufrieden? Habe ich es gut gemacht?« fragte Ilse, als die Freundin zu Ende gelesen hatte.

»Oh, was für ein gutes Mann habe ich, und wie soll ich dich danken, lieb Ilschen!« antwortete Nellie überglücklich, und als ob sie ein Gelübde ablegte, fuhr sie leise fort: »Oh, wie will ich die kleine Baby liebhaben, und wie will ich den lieben Gott recht bitten, daß er eine gute Mutter aus mich macht! Ilse, wie soll ich dich das wieder gutmachen?«

»Nein, nein, Nellie, so darfst du nicht sprechen!« wehrte diese ab. »Was du an dem einstigen Trotzkopf getan hast, kann ich dir ja doch nie wieder vergelten.«

Das erste war dann, daß sich Nellie hinsetzte und ihrem einzigen Fred schrieb. Bis die Formalitäten erledigt waren, flog zwischen den Ehegatten noch mancher Brief hin und her. Althoff war zu sehr mit Arbeit überhäuft, wie er schrieb, sonst wäre er selbst gekommen, um seine Frau und das Pflegetöchterchen zu holen.

Klein Ännchen aber siedelte schon am nächsten Tag zu ihrer neuen Mutter über, und frisch gewaschen, sorgfältig gekämmt, in einem neuen Kleidchen sah das

Kind wirklich reizend aus. Die andern Geschwister wurden so gut wie möglich untergebracht. Den einen Jungen nahmen Werners zu sich und wollten ihn etwas Tüchtiges lernen lassen.
So war mit dem düsteren Tod doch auch das Glück in die arme Hütte eingekehrt.
Die schöne Zeit bei Flora hatte nun noch einen ereignisreichen Abschluß gefunden, und das Band, das die Freundinnen an Flora knüpfte, war diesmal ein unauflösliches geworden. Der Abschied fiel allen sehr schwer.
Klein Ännchens Anwesenheit brachte bei dem Ehepaar Althoff wahre Wunderdinge zustande. Nellie mußte ihre Pflege von nun an teilen, und, was sie nie geglaubt hätte, ihr Fred kam dabei nicht zu kurz, ja seine Leiden besserten sich sogar in auffallender Weise. Wenn er abgespannt nach Hause kam, waren jetzt nicht mehr die besorgten Fragen seiner Frau das erste, was ihn empfing; zunächst war da Klein Ännchen die Hauptsache, und darüber vergaß Fred seine Klagen und Nellie ihre Fragen. Was die Kleine nicht alles verstand und wußte! Beide konnten ihre Vorzüge nicht genug rühmen; es gab kein aufgeweckteres und hübscheres Kind, und das Erziehen hätte leicht ein Verziehen werden können, wenn nicht Frau Ilse und Onkel Heinz auch noch dagewesen wären. Die Vorträge des letzteren über Kindererziehung waren allerdings oft zu theoretisch gehalten, um zu wirken, aber desto mehr fruchteten die Ermahnungen der Freundin, die Nellie vorwarf, daß sie viel zu gutmütig und schwach dem Kinde gegenüber sei, das schon jetzt manchmal versuchte, die andern zu tyrannisieren. Aber trotzdem hatte es helles Glück in das Heim sei-

ner Pflegeeltern gebracht; es war der Mittelpunkt, um den sich alles drehte, und wuchs frisch und fröhlich auf.

So vergingen die Jahre wie im Fluge. Sie brachten Freuden und Leiden mit sich und teilten diese Gaben bald nach Verdienst, bald ungerecht aus. Der eine bekam mehr vom Regen, der andre mehr vom Sonnenschein, dem einen erschien das Glück früher, dem andern später und manchem nie.

Auch an unsern Freunden zog die Zeit in buntem Wechsel vorüber, frohe und trübe Tage waren in das Meer der Vergangenheit gesunken, einer nach dem andern. Ganz verschont hatte das Schicksal keinen, aber unerbittlich hart war es nur in der Familie des Superintendenten aufgetreten.

Rosi glaubte ihren Fritz mit harter Strenge erziehen zu müssen, und so wurde aus dem fröhlichen, frischen Kind schließlich ein stiller, verschlossener Junge. An den Vergnügungen seiner Schulkameraden durfte er meistens nicht teilnehmen, weil es in der Schule mit ihm noch immer nicht bessergehen wollte. Das war kein Wunder, denn infolge der zu großen Strenge fehlte ihm jeder Eifer, alle Lust und Liebe zum Lernen. An seinem Vater hatte er nur einen schwachen Halt, auch war dieser in den letzten Jahren mit Arbeit sehr überbürdet und konnte sich seiner Familie nicht so widmen, wie er wohl wünschte. Rosi war wie mit Blindheit geschlagen. Durch fortwährende Strafpredigten glaubte sie etwas erreichen zu können und ahnte nicht, was sie damit in der jungen Seele anrichtete. Fritz stand wie unter einem schweren Druck, und doch regte sich die Lebenslust mächtig in ihm. Er hätte hinauslaufen mögen, weit weg; oft fühlte er den unwiderstehlichen Drang, die strengen Fesseln zu zerreißen. Immer häufiger kamen solche Gedanken wieder und nahmen mehr und mehr Besitz von ihm. Die weite Welt stand verführerisch lockend vor seinen Blicken.

Eines Tages kam er aus der Schule nicht mehr nach Hause, er war damals fünfzehn Jahre alt. Tage, Wochen, Monate vergingen, ohne daß die angestellten Nachforschungen irgendeinen Erfolg gehabt hätten, er war und blieb verschollen. Tief gebeugt wiederholte Rosi immer die Worte: »Gottes Hand ruht schwer auf uns.« Ob sie sich wohl innerlich Vorwürfe machte oder das Unglück nur als eine Fügung des Himmels ansah? Von ihrem Manne hörte sie kein Wort des Tadels. Er, den die schwere Prüfung ganz niederdrückte, suchte doch immer nach einem Trost für Rosi und klagte sich selbst wegen seiner Schwäche an, ihr in den letzten Jahren die Erziehung des Jungen fast allein überlassen zu haben. Tante Emilie ihrerseits versuchte Rosi jeden Zweifel dadurch zu nehmen, daß sie sagte, Fritz sei nun einmal leichtsinnig veranlagt gewesen, und sie habe so etwas schon immer kommen sehen. Aber solche Worte fanden doch nur kurzen Widerhall in dem betrübten Mutterherzen. Eine gedrückte Stimmung herrschte seit dem Unglück in dem Pastorenhaus. Auch jetzt, nach Jahren noch, als Elisabeth zu einem jungen Mädchen herangewachsen war, konnten sich Rosi und ihr Mann nicht entschließen, sie in die Welt einzuführen.

Freundlicher sah es bei Gontraus aus. Dort brachten Ruth und Marianne, jetzt im achtzehnten und siebzehnten Lebensjahr stehend, Lust und Fröhlichkeit ins

Haus. Etwas Verschiedenartigeres als diese beiden Schwestern konnte man sich nicht denken: die jüngere blond, rosig, zierlich, die ältere groß, schlank, eigenartig, mit dunklen sprechenden Augen und einem ewig wechselnden Mienenspiel. Viele fanden Marianne schöner, wozu auch wohl ihr liebenswürdiges, sanftes Wesen beitrug. Ruth dagegen mit ihrem lebhaften Temperament war nicht so bequem im Umgang, und Ilse hatte manchmal ihre liebe Not, den leidenschaftlichen, aufbrausenden Sinn ihrer Älteren zu dämmen. Wie oft mußte sie sich von Leo necken lassen, wenn sie über Ruth klagte und er antwortete: »Ganz die Mutter!« Aber daß aus ihr nicht ein gleicher Trotzkopf wurde, wie sie es einst gewesen war, dafür hatte sie gesorgt und ihrem Kinde dadurch viele schwere Stunden erspart.

Die alte Kinderfreundschaft zwischen Onkel Heinz und Ruth bestand noch immer, er war ihr bester Vertrauter, und man mußte sich nur wundern, mit welcher Liebe, mit welchem Verständnis er in dem jungen Mädchenherzen zu lesen wußte. Wenn man sie fragte: »Wer ist deine beste Freundin?«, antwortete sie: »Onkel Heinz.« Von ihm ließ sie sich weit mehr sagen als von andern, trotzdem er oft nicht gerade den rücksichtsvollsten Ton anschlug.

Ilse hatte sich ihren frischen, natürlichen Sinn erhalten. Die Jahre hatten ihr wohl äußere und innere Veränderungen gebracht, aber den Grundton ihres Charakters konnten sie nicht verwischen. Sie war der Mittelpunkt im Hause, um den sich alles drehte. Ihr Mann vergötterte sie noch immer, und ihre Töchter liebten sie, wie nur Kinder eine Mutter zärtlich lieben können; sie war ihnen Mutter und Freundin zugleich.

So war denn der Tag herangekommen, an dem Ruth und Marianne auf den ersten Ball geführt werden sollten.

Der erste Ball! Welches Zauberwort für ein junges Mädchen! Marianne und Floras Zwillinge, die schon seit einigen Wochen bei Gontraus zu Besuch waren, befanden sich denn auch in heller Aufregung, selbst Ilse schien von dem Ballfieber mit angesteckt zu sein. Sogar Leo war nicht ganz unberührt davon geblieben. Als er aber beim Mittagessen fragte, ob die Kleider der Kinder auch in Ordnung seien, brachen die jungen Mädchen in ein unsinniges Gelächter aus, denn eine solche Frage war etwas ganz Ungewöhnliches. Nur Ruth fand es lächerlich, sich um einen »lumpigen Ball«, wie sie sagte, so aufzuregen.

Gegen Abend kam Nellie, die treue Seele, mit Ännchen, das inzwischen ein großes Mädchen geworden war, um, wie immer, wenn es etwas Besonderes zu tun gab, zu helfen, denn vier kleine Balldamen herzurichten war keine Kleinigkeit.

»Nun fang nur auch an, Ruth! Du wirst sonst nicht fertig«, sagte die Frau Direktor, als das junge Mädchen noch immer keine Miene machte, sich umzukleiden.

»Ach, Tante, langes Anziehen ist mir verhaßt! Ich werde noch früh genug fertig«, rief Ruth und sah etwas spöttisch lächelnd auf die Schwester und die Freundinnen, deren Wangen vor Eifer glühten. Sie war doch ganz anders geartet als sonst die Mädchen ihres Alters, deren Interessen sie meist nicht teilte. So hatte sie auch darauf bestanden, nicht mit Marianne gleich gekleidet auf den Ball zu gehen, was diese sehnlich wünschte.

»Nur nicht wie zwei ›Inséparables‹«, hatte Ruth gesagt, als die Rede davon war. »Wir sind so grundverschieden, und ich weiß genau, daß wir in der Wahl der Farben nicht übereinstimmen würden; fügen aber würde ich mich nicht. Welche Farbe würdest du zum Beispiel wählen, Marianne?«

»Ruth, Ruth, nur nicht gleich so herrschsüchtig!« hatte Ilse gemahnt.

Als aber Marianne antwortete, sie liebe Rosa so sehr, da war Ruth doch wieder aufgebraust. »Natürlich Rosa! Ich dachte es mir doch; da würde ich dir ja hübsch zur Folie dienen. Ich und ein rosa Kleid mit meinem Teint! Eine solche Geschmacklosigkeit!«

»Einem jungen Mädchen steht alles«, hatte Marianne in weisem Ton erwidert.

»Ja ja, natürlich! Wie kann man nur eine solche Redensart wiederholen! Das ist einfach dumm. Du mit deiner rosigen Haut wirst natürlich wie ein Pfingströschen aussehen, aber ich! Mache doch nur die Augen auf und denke dir eine solche Farbenzusammenstellung!«

So war es fortgegangen, bis Marianne in Tränen ausbrach und Ruth sie nun auf alle Weise zu trösten versuchte, denn sie liebte ihre blonde Schwester dennoch zärtlich. Doch dazwischen hatte sie geklagt, ihr werde immer alles gleich übelgenommen, niemand verstehe sie. Warum gerade sie wie eine Vogelscheuche aussehen solle, während Marianne natürlich einem Engel gleichen würde! Hätte nicht Nellie mit der trockenen Bemerkung, sie habe noch nie eine Vogelscheuche in einem rosaroten Ballkleid gesehen, Ruths Redefluß ein Ende gemacht, so wären ihre leidenschaftlichen Ausbrüche und Mariannes Tränen gewiß noch lange nicht versiegt. So aber hatten beide lachen müssen, und die Kleiderfrage hatte in Ruhe erledigt werden können.

Floras Zwillinge waren zwei ebenso frische, rotbäkkige Mädchen geworden, wie sie zwei frische, rotbäkkige Kinder gewesen waren, und als sie jetzt in ihren blauen Ballgewändern neben der in rosa Seide gekleideten Marianne standen, mußte man sich über diese drei anmutigen Mädchen freuen. Was war natürlicher, als daß in Ilse wie in Nellie durch diesen Anblick die Erinnerung geweckt wurde, wie sie sich zum ersten Ball im Pensionat geschmückt hatten, und daß sie nun zum Ergötzen der Kinder davon erzählten!

Mitten in das lebhafte Sprechen und Lachen hinein ertönten plötzlich aus dem Nebenzimmer die Klänge eines Flügels und Ruths Stimme.

»Das ist wieder echt Ruth, setzt sich hin und singt und denkt gar nicht an den Ball; am liebsten säße sie überhaupt den ganzen Tag am Flügel. Es ist höchste Zeit, daß sie sich anzieht«, sagte Ilse, aber unwillkürlich lauschte sie doch mit den andern eine Weile auf die vollen, herrlichen Töne, und als sie endlich zu der Sängerin eindrangen, fanden sie diese schon fix und fertig angezogen. Neugierig wurde sie von der Schwester und den Freundinnen umringt, besehen und bewundert. In ihrem einfachen weißen Kleid sah sie reizend aus.

Die anderen drei Balldamen rümpften allerdings die Nase über den gar zu einfachen Anzug. Die eine riet noch zu einer Kette um den Hals, die andre zu Blumen im Haar.

Ruth lehnte alles ab. »Kinder, laßt mich in Ruhe! Ich tue ja doch, was ich will«, rief sie.

In diesem Augenblick erschien das Mädchen mit zwei wundervollen Sträußen, der eine ganz aus rosa, der andre aus weißen Blüten. Marianne wurde mit Purpur übergossen, als sie die Karte las, die in den Blumen steckte. »Von Herrn Jansen«, sagte sie strahlend und betrachtete das weiße Blättchen Papier noch eingehender als den kostbaren Strauß.
Herr Jansen, der Sohn des besten Jugendfreundes von Onkel Heinz, war vor einiger Zeit aus den Tropen, wo er sich als Kaufmann ein bedeutendes Vermögen erworben hatte, zurückgekehrt und durch den Professor bei Gontraus eingeführt worden. Er verkehrte in dieser Familie ebensoviel und ebensogern wie Onkel Heinz, und auch heute war er von Leo zum ersten Ball seiner Töchter eingeladen worden.
Die beiden jungen Mädchen hielten noch immer die duftende Spende in den Händen. »Sieh nur, Mama, der schöne weiße Flieder!« rief Ruth, und Marianne zeigte Nellie wohl zum zehntenmal, wie herrlich die roten Kamelien in ihrem Strauße seien. Dazwischen tönten die kräftigen Stimmen der Zwillinge: »O wie reizend, himmlisch süß!«, und Ännchen lief bald hierhin, bald dorthin, um alles zu sehen und zu hören.
Die strahlenden, freudig erregten Mädchengesichter waren ein hübscher Anblick, und selbst Onkel Heinz schien Empfindung dafür zu haben, denn als er jetzt die Tür öffnete, blieb er wie angewurzelt stehen. »Alle Wetter, ist das ein Staat!« rief er endlich laut.
Alle drehten sich um, und Ruth flog ihm entgegen. Mit Lachen und Jubeln, wie sie es als Kinder getan, umringten ihn nun auch die andern jungen Dinger.
»Onkel Heinz, gefalle ich dir?« – »Wie findest du mein Kleid? Steht es mir?« – »Onkel Heinz, habe ich

auch nicht zu rote Backen?« So rief und fragte es von allen Seiten.
Er wußte schließlich weder aus noch ein und hielt sich mit beiden Händen die Ohren zu. »Scheußlich seht ihr alle aus«, platzte er endlich hervor und hoffte wahrscheinlich durch diese derbe Kritik von den Quälgeistern befreit zu werden.
Doch darin hatte er sich getäuscht, nun ging es erst recht los. »Onkel Heinz, sage doch ehrlich, sehen wir wirklich scheußlich aus?« – »Ist das dein Ernst?« – »Gefallen wir dir nicht?«, so schwirrte es von neuem durcheinander.
»Findest du, daß mir Rosa gut steht?« fragte Marianne, und ihre Augen hatten dabei einen so bittenden Ausdruck, daß der Professor nicht widerstehen konnte.
»Na, es geht«, antwortete er und betrachtete sie eingehend. »Aber sag mal, du mußt etwas um den Hals binden, du erkältest dich ja sonst! Alle Wetter, was ist das überhaupt für eine Verrücktheit, sich so anzuziehen! In euren Hauskleidern gefallt ihr mir viel besser. Ihr werdet euch mit dem bloßen Hals und den nackten Armen einen schönen Schnupfen holen!«
Da gab es wieder zu lachen über eine solche Ansicht.
»Wen findest du denn am hübschesten, Onkel Heinz?« fragte Thusnelda.
Seine Blicke schweiften umher und blieben an seinem Liebling Ruth haften; er brauchte deshalb gar keine Antwort zu geben.
»Natürlich Ruth, das haben wir uns gleich gedacht!« riefen sie alle.
»Onkel Heinz, hättest du für mich vielleicht ein weißes Kleid hübscher gefunden?« fragte Marianne.

»Ja, Kind, wie die Frauenzimmer zu einem Ball angezogen sein müssen, weiß ich wahrhaftig nicht.«
»Bist du denn nie auf einem Ball gewesen?« fragte Marianne.
Nun war es Onkel Heinz, der in ein homerisches Gelächter ausbrach. »Gott sei Dank, nein! Zu solchen unnützen Geschichten habe ich mein Lebtag keine Zeit gehabt; ich hatte Besseres zu tun.«
»Weißt du was, Onkel Heinz«, schlug Ruth vor, »komm mit auf den Ball! Denn bevor du einmal einen kennengelernt hast, kannst du doch gar nicht darüber urteilen.«
»Ja, ja, kommt mit!« riefen nun auch die andern.
»Kröten, so laßt mich endlich in Ruhe! Ihr seid ja außer Rand und Band!« rief er, sie zurückdrängend.
Bei dem lebhaften Durcheinandersprechen hatte man ganz überhört, daß die Tür geöffnet wurde, bis Ilse plötzlich Herrn Jansen andächtig auf der Schwelle stehen sah.
Ilse ging ihm entgegen, und die kleinen Balldamen stoben nach allen Seiten auseinander. In Mariannes Antlitz aber stieg eine heiße Blutwelle bei seiner herzlichen Begrüßung; doch bewundernd blieb sein Blick an Ruth hängen, deren Hand noch in des Professors Arm lag. Die schlanke, weiße Gestalt schien ihn ungemein zu fesseln, und er nahm ihre zum Gruß dargebotene Rechte mit großer Wärme entgegen. »Du bist zu beneiden, Onkel«, sagte er halblaut.
Jetzt kam auch Leo ins Zimmer, im feierlich schwarzen Anzug, mit weißer Krawatte, und drängte zur Eile, da die Wagen bereits vor der Tür stünden.
»Ja, nun macht nur!« mahnte sogar Onkel Heinz. »Tänzer werdet ihr wohl nicht mehr bekommen.«

»Onkel, daß du nicht mitkommen willst, ist aber doch jammerschade; jetzt habe ich gar keine Lust mehr zum Ball«, meinte Ruth.
»Na, daß du sagst, du habest zu solchem Unsinn keine Lust, ist doch wenigstens ein vernünftiges Wort«, erwiderte der Professor. »Aber es geht nun doch nicht anders; du mußt mit, du armes Opferlamm.«
»Onkel Heinz«, rief Ruth freudig, als hätte sie plötzlich einen guten Einfall bekommen, »weißt du was? Du bleibst hier, und ich bleibe bei dir, und wir beide verleben einen recht gemütlichen Abend zusammen.«
»Und was würde aus meinem versprochenen Walzer?« fragte Herr Jansen.
»Oh, da könnte mich ja Marianne vertreten!« gab Ruth zur Antwort und schmiegte sich zärtlich an den Professor. »Onkel Heinz, ich bleibe bei dir und singe dir alle meine Lieblingslieder vor.«
Etwas wie Rührung flog nun doch über das Gesicht von Onkel Heinz, und seine Stimme klang seltsam weich, als er sagte: »Kleine Kröte du! Auf dem Ball wirst du dich wohl besser vergnügen als mit mir altem, langweiligem Knaben hier zu Hause. Nein, nein, geh nur! Dieser Unsinn gehört nun einmal mit zum Leben, wie so viele andre unnütze Geschichten. Ich gehe nach Hause und lese, das ist mir doch das liebste. Morgen vormittag komme ich dann vorbei und lasse mir von eurer Hopserei berichten. Kleine Kröte du!« Er klopfte sie zärtlich auf die Backe.
Marianne und die Zwillinge waren inzwischen warm eingepackt worden, was für sie wieder eine Sache von größter Wichtigkeit gewesen war.
Es war ein allgemeines Durcheinanderreden: »Wo

habt ihr denn meinen Strauß hingelegt?« – »Beste Tante Nellie, hast du meine Handschuhe nicht gesehen?« – »Thusnelda, du hattest doch noch eben meinen Fächer in der Hand!« – »Mein Taschentuch hatte ich hier auf den Tisch gelegt. Wer hat es denn fortgenommen?«
Dazwischen drängte Leo, es sei die höchste Zeit, daß sie fortkämen. Ilse schalt über die Unordnung, Ännchen suchte überall herum, trat dabei auf Hildegards Kleid und warf eine Blumenvase um, in die Marianne ihren Strauß gestellt hatte, so daß sich das Wasser über den Tisch auf den Fußboden ergoß und alle flüchten mußten. Nellie aber hatte gar nichts gesagt, sondern stillschweigend gesucht und in kurzer Zeit alles Fehlende gefunden.
»Du meine Güte, ist das eine Wirtschaft! Ich mache mich aus dem Staube«, sagte Onkel Heinz. »Lebt wohl! Na, und viel Vergnügen zu der Geschichte! Bist du auch warm angezogen, Kröte?« fragte er noch seinen Liebling Ruth und zog ihr dabei das weißseidene Kopftuch noch tiefer in die Stirn.
Die übrigen waren bereits die Treppe hinabgestürmt, nur Nellie stand noch oben und verabschiedete sich von Ännchen. Immer wieder küßten sich die beiden und konnten sich nicht voneinander trennen, bis es von unten rief: »Ruth und Nellie, so kommt doch! Wo bleibt ihr denn?«
»Wir kommen, wir kommen!«
Eiligst liefen beide hinunter, langsamer folgte ihnen der Onkel Heinz. Von der Straße her schallten noch lebhafte Stimmen, dann hörte man das Zuklappen der Wagentüren, das schnelle Rollen der Räder, und nun war alles still.

Der Professor hatte seinen Pelzkragen dicht über die Ohren gezogen und die Hände tief in die warmen Taschen vergraben. Gemessenen Schrittes ging er die Straße hinab. Mit dem Lesen heute abend schien er es nicht sehr eilig zu haben, denn er schlenderte noch eine Zeitlang in den hellerleuchteten Straßen umher und ging dann in den Gasthof, wo er seine Mahlzeiten einzunehmen pflegte. Einsam verzehrte er sein Nachtmahl und blieb den Abend über da. Der Kellner brachte ihm wie gewöhnlich die Zeitungen; er legte sie aber beiseite und schaute – die eine Hand am Henkel seines Bierglases – nachdenklich vor sich hin. Ein paarmal schüttelte er den Kopf und sagte leise: »Unsinn, Unsinn!« Aber in der Seele dieses Hagestolzes erschien doch in dem verstecktesten Winkel etwas wie ein lichter Punkt, der aus dem Dunkel auftauchte, und dieser Punkt nahm eine feste Gestalt an, und diese Gestalt ging ordnend durch helle, gemütliche Räume und drang auch in ein stilles Studierzimmer, in dem ein Mann saß und arbeitete. Und auf einmal wurde alles freundlich und glänzend, und der Lichtschein fiel auf die Gestalt des einsamen Mannes. Er ließ Bücher und Schriften liegen und ging ihm nach, bis er in einen lichten Raum kam, wo das Feuer im Ofen knisterte, Blumen dufteten, ein gedeckter Tisch stand und liebevolle Hände bereit waren, für ihn zu sorgen. Unwillkürlich machte Onkel Heinz eine heftige Bewegung, als er zum Bewußtsein dieser Träume gelangte, und nun flohen die Bilder und Gestalten, der helle Glanz verblaßte, und es erschien wieder sein düsteres Studierzimmer mit den strengen, langen Bücherreihen, dem erloschenen Feuer im Ofen und der schlecht brennenden Lampe. Dieses Bild sollte bald zur Wirklichkeit werden, denn nachdem Onkel Heinz sein Bier ausgetrunken und bezahlt hatte, kroch er wieder in seinen Pelz, den ihm der Kellner diensteifrig anziehen half, und ging heim. Doch zum Arbeiten und Lesen konnte er sich heute abend nicht mehr entschließen; auch war es zu kalt dazu im Zimmer, das Feuer im Ofen war, wie gewöhnlich, aus, und die Lampe hatte, wie gewöhnlich, gequalmt. Er begab sich deshalb zur Ruhe, aber der Schlaf wollte nicht kommen. Wohl versuchte er, sich in einen wissenschaftlichen Gedanken zu versenken, aber es gelang nicht, denn er sah fortwährend lustige Gestalten an sich vorübergaukeln, und sein Traum von vorhin wiederholte sich noch einmal. »Unsinn, Unsinn!« murmelte er und warf sich im Bett umher, bis er endlich doch einschlief.

Am andern Morgen, als es noch dämmerte, wurde er von seiner Aufwärterin geweckt, wie an jedem andern Morgen auch. Aber heute war er ärgerlich darüber und mit nichts zufrieden. Die Frau hatte an diesem Tage wiederholt Anlaß, ihrer Busenfreundin, Frau Müller, ihr Herz auszuschütten und ihr zu klagen, wie böse der Herr Professor heute gewesen sei, so schlecht habe er sie noch niemals behandelt. Über den Kaffee habe er geschimpft, der Ofen sei nicht schnell genug warm geworden, die Lampe müsse besser geputzt werden, und sogar über den Staub im Zimmer, von dem er noch nie etwas bemerkt, habe er heute gescholten, kurz, nichts sei ihm recht gewesen.

Während Onkel Heinz einen so ungemütlichen Abend verbrachte, war er für seine Freunde voll Lust und Freude gewesen.

Mit Zittern und Zagen hatten die Zwillinge und Marianne den Ballsaal betreten, und selbst Ruths Herz schlug höher, als sie in dem glänzenden Raume stand. Um Tänzer brauchten sich die jungen Mädchen keine Sorge zu machen.

»Ja, ja, Nellie, nun sind wir Ballmütter!« sagte Ilse lachend, als sie in den Reihen, die für die älteren Damen bestimmt waren, Platz nahmen.

»Macht nichts, wenn wir alte Mütter werden, ist auch fein«, sagte Nellie. Aber als die beiden unzertrennlichen Freundinnen jetzt so beisammensaßen, sahen sie durchaus noch nicht aus wie »alte Mütter«. Das Glück, das aus beider Augen strahlte, als Ruth und Marianne im Tanze anmutig an ihnen vorbeischwebten, der Stolz, mit dem sie ihnen nachblickten, verjüngte und verschönte sie.

Leo und Althoff hatten eine Zeitlang dem bunten Treiben zugesehen, zogen sich dann aber ins Nebenzimmer zurück, wo sie bei einem Glas Bier gemütlich ihre Zigarre rauchten und schwatzten.

Herr Jansen schien an diesem Abend wie bezaubert von Ruth. Seine Blicke suchten sie, wenn sie im bunten Gewühl verschwand, bis er sie gefunden hatte, und sooft es ging, näherte er sich ihr. Dann plauderten und lachten sie zusammen und kritisierten die Anwesenden. Und wenn ihn Ruth auf dieses oder jenes hübsche Mädchen aufmerksam machte, so fand er sie alle häßlich oder unbedeutend, und seine Augen sagten deutlich genug, wen er einzig und allein schön finde. Konnte er nicht mit ihr plaudern oder tanzen, so suchte er Marianne auf, um so bald als möglich das Gespräch auf ihre Schwester zu bringen.

Arme, kleine Marianne, wenn doch ein guter Geist dir die Augen öffnen möchte! Es ist nur zu wahr: Die Liebe macht blind.

In dem Herzen Mariannes hatte sich vom ersten Tage an, als Onkel Heinz Herrn Jansen bei ihren Eltern einführte, eine stille Neigung für diesen eingeschlichen, die von Tag zu Tag gewachsen war.

So waren auch heute abend die Artigkeiten, die Herr Jansen ihr erwies, neue Nahrung für ihre Neigung, und sie merkte nicht, daß es ja die Schwester war, die sein Herz ganz und gar gefangenhielt.

Der Ball nahte sich seinem Ende. Die Zwillinge hatten sich erhitzt und erschöpft mit hochroten Wangen auf einem der Diwans niedergelassen und tauschten gegenseitig ihre Erlebnisse aus. Marianne wandelte mit Ilse und Tante Nellie zusammen auf und ab, und ihr glückstrahlendes Gesicht sprach deutlich genug von den Gefühlen, die ihr Inneres erfüllten. Ruth hatte sich von Herrn Jansen ein Gläschen Eis holen lassen, das sie nun, nachdem sie in einer der kleinen Pflanzennischen Platz genommen hatte, mit Behagen verzehrte. »Es ist doch sehr, sehr hübsch heute abend; ich unterhalte mich wenigstens herrlich. Sie auch?« fragte Ruth vergnügt den jungen Mann, der sich an ihrer Seite niedergelassen hatte.

»Für mich war es der schönste Abend meines Lebens, Fräulein Ruth«, erwiderte er.

»Da haben Sie wohl noch nicht viele Bälle mitgemacht? In Indien gibt es wahrscheinlich so etwas nicht?« erkundigte sie sich.

»Und wenn ich hundert Bälle mitgemacht hätte, so würde dieser doch der schönste für mich sein«, antwortete er mit Nachdruck.

»So, und warum denn?«

Diese Frage klang durchaus einfach und unbefangen, denn Ruth war wirklich gänzlich ohne Arg über die

Anspielung, die seine Worte enthalten hatten. Er war ein Freund ihrer Eltern, ihres Hauses, und was für sie ins Gewicht fiel, der Sohn des Jugendfreundes von Onkel Heinz. Aus diesem Grunde war sie stets zuvorkommend und freundlich gegen ihn gewesen; aber daß er etwas andres in ihr erblicken könnte als eine Freundin, war ihr noch nie in den Sinn gekommen. Deshalb erschrak sie auch im höchsten Grade, als er ihr jetzt mit vor Erregung zitternder Stimme antwortete: »Weil Sie hier sind!« und die verhängnisvolle Frage daran knüpfte: »Haben Sie mich denn nicht gern, Fräulein Ruth?«

»Haben Sie mich denn nicht gern?« wiederholte er eindringlich seine vorige Frage, und mechanisch antwortete sie hastig: »O ja, doch, natürlich!« Ohne seinen Arm, den er ihr bot, anzunehmen, eilte sie nach diesen Worten rasch voraus.

Als sie kurze Zeit darauf zur Heimfahrt in den Wagen stieg, nahm er ihre Hand und drückte sie zärtlich an seine Lippen. Während aber die Schwester und die Zwillinge unterwegs lebhaft über ihre Erlebnisse vom heutigen Abend plauderten, war sie schweigsam und einsilbig. Aus Mariannes Mund tönte der Name dessen, mit dem sie sich gerade beschäftigte, oftmals an ihr Ohr. Aber schließlich – warum sollte er sie denn nicht fragen, ob sie ihn gern habe? Und darauf konnte sie ihm doch nur mit einem »Ja« antworten; sie hatte ihn ja wirklich gern, sehr gern sogar. Er war ein kluger, interessanter Mann, ganz anders als die meisten Herren ihrer Bekanntschaft; sie konnte sich mit ihm prächtig unterhalten und empfand eine Art schwesterliche Zuneigung für ihn. Und er? Ach was, er hatte seine Frage gewiß völlig harmlos gemeint!

Marianne dagegen lag, nachdem die Zwillinge endlich aufgehört hatten zu schwatzen, noch lange wach. Selige, beglückende Gedanken verursachten ihr Herzklopfen und raubten ihr den Schlaf. Sie wiederholte sich im Geiste jedes Wort, das der geliebte Mann gesprochen hatte, und rief sich jeden seiner Blicke ins Gedächtnis zurück. Und weiter spann sie ihre Träume, die ihr eine schöne Zukunft vorzauberten, und als sie endlich spät gegen Morgen eingeschlafen war, lag ein verklärender Schein auf ihrem Antlitz.
So beschäftigten sich die Gedanken beider Schwestern in dieser Nacht lebhaft mit dem jungen Freunde von Onkel Heinz. Beide setzten ihre Hoffnungen auf ihn. Während aber die eine fest an seine Liebe glaubte, wünschte die andere sehnlichst, daß er für sie nur freundschaftliche Gefühle hegen möchte. –
Onkel Heinz hatte am andern Morgen keine rechte Ruhe. Als seine Aufwärterin fort war, ging er prüfend in seinem Zimmer umher. Hier und da stellte er einen Stuhl anders, dann rückte er die Bilder, die schief an der Wand hingen, zurecht, ordnete die unzähligen Papiere, die verstreut und bestaubt auf dem Tisch lagen, warf einen Teil davon in den Papierkorb und legte das übrige ordentlich zusammen; auch seinen Schreibtisch unterwarf er einer gründlichen Besichtigung. Seiner Aufwärterin hatte er bei ihrem Antritt das Machtwort entgegengedonnert: »Auf dem Schreibtisch ein für allemal nichts anrühren!«, was diese auch schnell begriff, hatte sie doch viele einzelne Herren zu bedienen und kannte diese schwache Seite der Männer hinreichend. Deshalb ließ sie auch den Schreibtisch von Onkel Heinz für immer in Ruhe, und daß er mit einer dicken Staubschicht überzogen war,

konnte ihn also eigentlich nicht wundern, war ihm auch bis heute noch nie aufgefallen. Er blies über die Bücher und Schriften, daß die kleinen Staubteilchen lustig in die Höhe flogen, schüttete den Aschenbecher, der bis zum Rande mit Asche und Zigarrenresten gefüllt war, in den Kohlenkasten, nahm die Bilder der Familie Gontrau – von Ruth und Marianne in allen Stadien ihres jungen Lebens – in die Hand und betrachtete sie eingehend. Die Gläser waren fast undurchsichtig; er wischte sie mit seinem Ärmel ab und stellte sie dann wieder an ihren Platz zurück. Schließlich ließ er sich an dem gesäuberten Schreibtisch nieder, um zu arbeiten, aber damit wollte es auch heute morgen nicht recht gehen. Überdies hatte er schon eine Menge Zeit mit dem Herumstöbern verbummelt, dann, als er nach der Uhr sah, war es bereits elf Uhr, und er hatte versprochen, gegen Mittag bei Gontraus zu sein. Er machte sich deshalb fertig und wanderte in der warmen Mittagssonne, die seinen Pelz nicht gerade in die günstigste Beleuchtung setzte, zu den Freunden.
Aber wenn er hier eitel Lust und Fröhlichkeit zu finden hoffte, so hatte er sich getäuscht. Als ihm auf sein Klingeln geöffnet wurde und er in den Flur trat, ging vorsichtig die Tür auf, die zu dem Zimmer der beiden jungen Mädchen führte, und Ruths blasses Gesicht wurde in der offenen Spalte sichtbar. »Onkel Heinz«, rief sie leise, »bitte, bitte komm erst zu mir herein!«
Erstaunt sah er den angstvollen Ausdruck ihrer Augen und fragte, was denn geschehen sei.
Sie legte ihm die Hand auf den Mund und zog ihn zu sich ins Zimmer hinein.
»Was ist denn nur los?« fragte er nochmals, als sich die Tür hinter ihnen geschlossen hatte.

Statt aller Antwort holte Ruth einen Brief aus der Tasche und gab ihn dem Professor. »Lies nur, lies nur, Onkel Heinz! Es ist ein Brief von Herrn Jansen, der eben für mich abgegeben worden ist«, sagte sie mit be bender Stimme und fuhr dann leidenschaftlich fort »Aber siehst du, ich kann ganz gewiß nichts dafür, und nicht wahr, wenn ich auch gesagt habe, daß ich ihn gern habe, brauche ich ihn deshalb doch nicht zu heiraten, nicht wahr, Onkel Heinz?«
»Nur keine Aufregung, mein Kind! Ich weiß ja noch von gar nichts«, unterbrach er sie, indem er den Brief auseinanderfaltete und zu lesen begann.
»Ach Gott, es ist schrecklich, ganz schrecklich!« klagte sie; während er las, und diesen Ausruf wiederholte sie in einem fort, während sie erregt im Zimmer auf und ab wandelte.
»Ja . . .«, sagte Onkel Heinz, als er zu Ende war, fuhr mit der Hand über seine grauen Stoppeln und drehte an seiner Bartspitze.
»Nun, was sagst du, Onkel Heinz, ist es nicht schrecklich?« fragte sie angstvoll.
»Nun – schrecklich kann ich das gerade nicht finden«, gab er lächelnd zur Antwort.
»Was soll ich denn aber tun?«
»Ja . . .«, sagte Onkel Heinz wieder lakonisch und kratzte sich hinter dem Ohr, indem er sein Gesicht in nachdenkliche Falten legte; »da ist nun schwer etwas zu sagen.«
Ruth hängte sich an seinen Arm. »Du mußt doch wissen, was ich tun soll, liebster Onkel! Du weißt ja immer alles«, sagte sie, ihn vertrauensvoll anblickend.
Der Professor wollte gerade in seiner gewohnten Art losplatzen, »daß er Besseres zu tun habe, als über sol-

che Dummheiten nachzudenken«, hatte aber doch wohl das Gefühl, als ob es eine große Ehre für ihn sei, von einem jungen Mädchen in einer so wichtigen Angelegenheit um Rat gefragt zu werden. Auch konnte er den ängstlich fragenden Augen seines Lieblings nicht widerstehen und besann sich deshalb eines andern. Aber leicht war die Sache nicht. Wie sollte er denn nur anfangen? Überlegend ging er einige Male im Zimmer auf und ab. »Sag einmal, Kröte, magst du Jansen denn leiden?« fragte er endlich.

»Ja natürlich, gewiß! Ich habe ihn sehr gern«, lautete die Antwort.

»Dann ist es doch ganz einfach! Dann heirate ihn doch!«

»Aber, Onkel Heinz«, unterbrach ihn Ruth hastig, »wenn man jemand auch leiden kann, braucht man ihn deshalb ja nicht gleich zu heiraten!«

Ihre Antwort auf Herrn Jansens Frage vom gestrigen Abend war ihr auf einmal wieder zentnerschwer aufs Herz gefallen. Er hatte diese als eine Zusage genommen, wie er in dem soeben erhaltenen Briefe schrieb, überglücklich schrieb, und wollte noch am heutigen Tage kommen und bei den Eltern um ihre Hand anhalten. Siedendheiß überlief es sie bei dem Gedanken; sie wußte gar nicht, was sie tun sollte, und Onkel Heinz sagte auch nichts, gab ihr keine Antwort. Sie war völlig ratlos. »Onkel Heinz, bitte, sag mir doch, was du dazu meinst?« wiederholte sie ihre Frage noch einmal dringlich.

Der Professor machte wieder ein nachdenkliches Gesicht, brachte aber nur die nichtssagenden Worte heraus: »Ja, das ist nicht so leicht!«, und fuhr dann plötzlich fort, als wäre ihm auf einmal etwas Wichtiges eingefallen: »Wie kommt denn Jansen überhaupt dazu, dich heiraten zu wollen?«

»Das war so, Onkel Heinz«, begann Ruth, »gestern abend auf dem Balle fragte er mich, ob ich ihn gern habe, und da habe ich ja gesagt, denn es ist doch auch wahr. Als ich aber jetzt den Brief von ihm bekam, da ist es mir erst klargeworden, wie er seine Frage gemeint hat. Muß ich ihn denn nun wohl heiraten?«

Der Professor geriet in eine nicht geringe Verlegenheit. Es war ja wahrhaftig viel schwerer, hier eine richtige Lösung zu finden, als bei irgendeiner noch so verwickelten wissenschaftlichen Frage. Er wußte nicht ein noch aus, und Ruth wurde immer dringender.

»Ach, gib mir doch eine Antwort!« bat sie flehentlich.

»Das kommt von solchem Unsinn, wie es ein Ball ist! Nun muß man sich den Kopf über so dummes Zeug zerbrechen«, fuhr er heraus. Als er aber sah, daß Ruth in ihrer Herzensangst die Tränen in die Augen stiegen, lenkte er sofort wieder ein. Frauentränen konnte er nicht sehen, am wenigsten bei Ruth, die ja, Gott sei Dank, nur selten weinte. »Wir wollen einmal sehen, Kröte«, sagte er zärtlich, »was in dieser Sache noch zu machen ist. Ich will mit Jansen sprechen, ob er sich wirklich darauf einläßt.«

Onkel Heinz fühlte, daß seine Antwort etwas dunkel und unklar, auch wohl sonst nicht ganz die richtige war; jedoch Ruth bemerkte das nicht, denn in diesem Augenblick ertönte draußen die Klingel. »Um Gottes willen, jetzt kommt er! Was soll ich denn nur tun? Lieber Onkel Heinz, hilf mir doch!« rief sie und klammerte sich angstvoll an seinen Arm.

»Hast du denn mit deiner Mutter schon gesprochen, Ruth?« fragte er und empfand dabei die Beruhigung,

daß er diesmal etwas ganz Vernünftiges gesagt habe.
»Nein, nein, Onkel Heinz! Ich wollte ja gerade mit dem Brief zu ihr gehen, da kamst du, und da wollte ich doch erst deine Meinung hören. Jetzt will ich ihr aber alles sagen. Ach ja, Mutter wird wohl wissen, was ich tun muß!« Mit diesen Worten eilte sie hinaus.
Der Professor atmete erleichtert auf. Nun war ihm ja das schwere Amt des Beraters in Heiratsangelegenheiten abgenommen; es war ihm ordentlich heiß dabei geworden.
Da flog die Tür wieder auf, Ruth stürzte aufgeregt herein.
»Na, was ist denn schon wieder los?« fragte Onkel Heinz.
»Nun ist es zu spät, nun ist es zu spät!« jammerte das junge Mädchen laut.
»Ja, was ist denn zu spät?« fragte er.
»Herr Jansen ist da, bei Vater im Zimmer, und Mutter ging gerade hinein, als ich in den Flur trat; ich konnte sie nicht mehr sprechen. Was soll ich nun tun, was soll ich anfangen?«
Onkel Heinz schwieg. Er wußte keinen Rat zu geben, trotzdem Ruth ganz unglücklich schien. Im nächsten Augenblick schon würde man ja von ihr vielleicht eine wichtige Entscheidung fordern, eine Lebensfrage an sie richten, und das war doch keine Kleinigkeit. Sie erging sich nun in lautem Selbstgespräch, das Onkel Heinz mit Randbemerkungen begleitete. »Ich werde überhaupt nicht heiraten«, fing sie an.
»Das wäre das Vernünftigste, was du tun könntest; aber bei euch Frauenzimmern ist es nun doch einmal die Hauptsache, das Heiraten«, sagte er.

»Ich passe ja gar nicht für die Ehe! Ich würde einen Mann nur quälen und unglücklich machen«, fuhr sie fort.
Der Professor lächelte ironisch über dieses Selbstbekenntnis einer edlen Seele. »Na, das müßte man doch erst abwarten; du bist noch lange nicht die Schlechteste«, sagte er.
»Es brauchen doch nicht alle Menschen zu heiraten; du bist ja auch nicht verheiratet, Onkel Heinz!«
Er machte eine abwehrende Bewegung, aber das »Nein, nein, Gott sei Dank nicht!« kam doch in einem Tone heraus, der halb wie ein Erleichterungsseufzer, halb wie Bedauern klang, denn auf einmal stand wieder der Traum von gestern vor seiner Seele.
»Weißt du, Onkel Heinz«, rief Ruth plötzlich und sah ihn mit großen, braunen Augen an, »wenn ich überhaupt je einen Mann nehmen würde, könntest nur du es sein; aber Herrn Jansen kann ich nicht heiraten.« Weinend flog sie an seinen Hals, umschlang ihn mit beiden Armen und ließ ihren Kopf auf seiner Schulter ruhen.
Nun wußte der Professor nicht, sollte das eine Liebeserklärung sein oder nicht. Nein, in was für Lagen und Verlegenheiten brachte ihn auch heute morgen diese Kröte! Er wußte gar nicht, wie er sich nun in dieser neuen Lage wieder benehmen sollte. Deshalb zog er vor zu schweigen und hielt ganz still unter dieser zärtlichen Umarmung. Aber seine Augen blickten hilfesuchend hinter der goldenen Brille hervor; zaghaft und unbeholfen wie ein schüchterner Liebhaber legte er seinen Arm um ihre Taille.
In dieser Stellung fand Ilse die beiden, als sie bald darauf hereinkam. In solcher Lage hatte sie den alten

Freund denn doch noch nicht gesehen, und ihr Gesicht drückte daher ein berechtigtes Erstaunen aus. Nun geschah auch noch das Unglaubliche, daß Onkel Heinz auf seine alten Tage unter dem forschenden Blick seiner besten Freundin, Frau Ilse, errötete und sich fast wie ein ertappter alter Sünder vorkam, obgleich er doch nicht das geringste dafür konnte, wenn er jetzt so vor ihr stehen mußte. Daß Ruth ihn umarmte, war nichts Seltenes, aber heute mußte ihre Umarmung doch wohl einen ungewöhnlichen Eindruck machen, und er war froh, als sie ihn jetzt freigab und ihrer Mutter in die Arme sank. Das war ja auch der richtige Platz, um ihr bedrängtes Herz zu erleichtern. Unter Weinen und Schluchzen erfuhr Ilse bald die ganze Leidensgeschichte. Sie mußte den Brief lesen, und Ruth ließ sich von ihr unzählige Male wiederholen, daß man jemand noch nicht zu heiraten brauche, wenn man ihn auch gern habe. »Gernhaben« und »Liebhaben« sei doch ein großer Unterschied, erklärte Ruth.

Bei diesen Worten lächelte Onkel Heinz spöttisch; woher wußten nun wohl solche Kröten so etwas?

»Liebste Mutter, sage es nur gleich Herrn Jansen, daß ich ihn nicht heiraten kann!« drängte Ruth.

»Nein, mein liebes Kind, das werden wir ihm schreiben. Er soll gar nicht erst kommen, denn das würde ihm eine große Verlegenheit bereiten«, sagte Ilse.

»Ja, aber ist denn Herr Jansen nicht drüben bei Vater im Zimmer?« fragte Ruth.

»Bewahre!«

»Ihr spracht doch mit einem Herrn.«

»Das war Herr Geheimrat Braun, der Vater und mir seinen Besuch machen wollte«, setzte Ilse auseinander.

»Na siehst du, nun ist es doch gar nicht so schlimm«, sagte Onkel Heinz, »und ich werde auch noch mit Jansen sprechen.«
In liebevollster Weise tröstete und beruhigte Ilse ihre erregte Tochter, indem sie ihr zärtlich die erhitzten Wangen streichelte, und erleichtert atmete diese auf, als der schwere Druck, der auf ihrer jungen Seele gelastet hatte, von ihr genommen wurde.
Aber die Spuren der heftigen Aufregung waren doch noch auf ihrem Gesichte zu lesen, als jetzt Marianne eintrat, die mit den Zwillingen zusammen einige Freundinnen besucht hatte, um mit ihnen über den gestrigen Ball zu plaudern. Verwundert sah Marianne abwechselnd Mutter und Schwester und dann wieder Onkel Heinz an, der unaufhörlich an seinem Barte drehte und ein Gesicht machte, das ein Mittelding zwischen Rührung und mephistophelischem Lächeln war. Diesen Ausdruck zeigte er in kritischen Augenblicken.
Mit dem jungen Mädchen war die kalte Winterluft gleich einer Erquickung in das warme Zimmer gedrungen. Frisch und rosig angehaucht leuchtete ihr Gesichtchen unter der dunklen Pelzmütze hervor, die sie jetzt abnahm, worauf sie auch das Jäckchen auszog. Onkel Heinz wurde heute nur flüchtig begrüßt, fragend wandte sie sich an Ilse und Ruth: »Warum hat Ruth geweint? Was ist denn geschehen?« Und voller Sorge blickte sie die Schwester dabei an.
Statt aller Antworten reichte ihr diese den bewußten Brief hin, den Marianne ahnungslos entfaltete und las. Doch schon nach den ersten Worten legte es sich wie Schleier über ihre Augen, das Blatt fing in ihrer Hand leise an zu zittern, aber mechanisch las sie weiter,

trotzdem die Buchstaben durcheinander zu tanzen schienen. Es begann ein Sausen in ihren Ohren, die Gegenstände wurden verschwommen, ein beängstigendes Gefühl hemmte den Herzschlag und schnürte ihr die Kehle zusammen, und sie wäre umgesunken, wenn nicht Ilse und Ruth hinzugesprungen wären. Marianne war ohnmächtig geworden.

Sie wurde auf das Sofa gelegt, Ilse rieb ihr die Schläfen mit einer stärkenden Essenz, während Ruth hinauslief, um Wasser zu holen. Beide befanden sich in höchster Aufregung. Nur Onkel Heinz bewahrte seine Ruhe. Er stand dabei und betrachtete aufmerksam das blasse Gesicht der Ohnmächtigen, in das noch kein Schimmer von Röte zurückkehren wollte.

Jetzt kam Ruth mit dem Wasser herein, hinter ihr stürmten die Zwillinge mit vor Neugier hochroten Backen ins Zimmer. Beim Anblick der bewußtlosen Freundin fing Hildegard laut an zu weinen, während sich Thusnelda über sie beugte und ihr laut ins Ohr schrie: »O Gott, o Gott, sie ist doch nicht tot?«

Ruth zog sie weg und gebot ihr zu schweigen.

Inzwischen war Ilse fortwährend ängstlich um Marianne bemüht, bei der das Bewußtsein immer noch nicht zurückkehren wollte.

»Ja, durch das Reiben und Wasserschlucken kommt sie nicht wieder zu sich«, sagte Onkel Heinz auf einmal, nachdem er eine Weile zugesehen hatte.

»Wir wollen lieber nach dem Arzt schicken«, meinte Ilse besorgt.

»Ach was, der kann auch nichts helfen!« erwiderte der Professor.

»Onkel Heinz, was mag Marianne nur haben? Woher kommt es nur?« fragte Ruth voller Angst.

»Woher das kommt?« wiederholte er bedeutungsvoll. »Woher das kommt? An allem ist der verrückte Ball schuld. Natürlich habt ihr euch zu eng geschnürt, habt unsinnig getanzt, euch dabei erhitzt, seid dann in die Kälte gegangen und werdet wahrscheinlich noch mehr unkluge Geschichten gemacht haben. Davon kommen dann am andern Tag Ohnmachten und dergleichen, das ist kein Wunder.« Der Professor sah ordentlich grimmig aus, als er von dem Unheil sprach, das dieser verrückte Ball angerichtet habe, dann wandte er sich wieder der Ohnmächtigen zu. »Frau Gontrau, was Sie da mit Marianne machen, hilft nichts«, fing er wieder an.

»Ja, was soll ich denn aber tun? So sprechen Sie doch!« sagte Ilse ungeduldig und gereizt durch seinen Ton.

»Nehmen Sie doch das Kissen unter dem Kopf fort, daß dieser tiefer liegt und wieder Blut ins Gehirn kommt! So ist es recht. Alles Beengende haben Sie wohl aufgemacht, nicht wahr? – Warum heult ihr denn so? Da gibt es doch nichts zu jammern!« rief er dann den Zwillingen zu, die ein wahres Heulkonzert aufführten.

»Die Kinder haben eben mehr Gefühl als Sie«, konnte Ilse trotz ihrer augenblicklichen Sorge doch nicht unterlassen ihm zu sagen, denn das war jetzt wieder einer der Augenblicke, wo sie sich über ihn ärgerte.

»Wenn man nicht rührselig ist, heißt es gleich, man habe kein Gefühl«, erwiderte der Professor ruhig.

Ilse wäre ihm sicher auch darauf die Antwort nicht schuldig geblieben, wenn nicht gerade jetzt Marianne die Augen aufgeschlagen und ihre ganze Aufmerksamkeit in Anspruch genommen hätte. Es versöhnte sie auch sofort wieder mit dem alten Freund, als er jetzt näher trat, Marianne zärtlich auf die Backe klopfte und sagte: »Na, Kröte, wie geht's denn? Was machst du aber auch für Geschichten!«

Als das junge Mädchen wieder zum Bewußtsein gekommen war, blickte sie erstaunt um sich und fing bitterlich zu schluchzen an.

»Liebe Marianne, wie ist es dir jetzt?« rief Thusnelda mit Stentorstimme, einem Erbteil des Vaters, und trat mit der Schwester wieder näher. Der Professor drängte sie aber mit der Geste, daß sie schweigen möchten, zurück.

Ilse rief Marianne mit den zärtlichsten Schmeichelnamen. Ruth kniete leise weinend vor ihr, dazwischen tönte das Schluchzen von Marianne, das Geheul der Zwillinge.

Dem Professor wurde bei alledem plötzlich sehr unbehaglich zumute. Wohin er blickte, sah er Weibertränen, und da er sich unter den weinenden Frauen auf einmal sehr überflüssig fühlte, hielt er es für das beste, sich zurückzuziehen. Die besorgte Ilse hatte nur ein flüchtiges Abschiedsnicken für ihn, aber Ruth drückte ihm innig die Hand.

Als er einige Zeit später wieder in seiner Junggesellenwohnung anlangte, betrat er sie mit einem angenehmeren Gefühl, als er sie verlassen hatte. Das Feuer brannte hell im Ofen, es war behaglich warm, und die Sonnenstrahlen, die hereindrangen, verliehen dem Ganzen einen gewissen Glanz. Vor allem empfing ihn hier die Ruhe wie eine Wohltat nach der eben erlebten Szene bei Gontraus. »Ja, ja, so etwas würde auch vorkommen!« schien es ihm leise ins Ohr zu raunen, und im Selbstgespräch antwortete er darauf: »Es ist schon besser so!« Er hatte seinen Pelz abgenommen und hielt die kalten Hände an den Ofen. Als sie warm geworden waren, setzte er sich an seinen Schreibtisch, um zu arbeiten. Nun ging es wieder. Die strengen Geister der Arbeit, die gestern und heute geflohen waren, erschienen wieder, und in ihrer Gesellschaft fühlte sich Onkel Heinz doch am wohlsten.

Still und ruhig war's im Zimmer, man hörte nur das Geräusch der schreibenden Feder und wie das Papier knitterte oder das Feuer im Ofen lustig knackte und knisterte. Der Professor blieb den ganzen Tag über angestrengt bei seiner Arbeit sitzen. Gegen Abend, so nahm er sich vor, wollte er noch einmal zu Gontraus gehen, um sich nach Marianne zu erkundigen.

Aber Ruth kam ihm zuvor. Als es dämmerte, erschien sie bei ihm und rüttelte ihn wieder aus seiner schwer erkauften Ruhe auf. Das war aber auch ein Tag heute! Was sich da alles zutrug! Ruth berichtete unter Tränen, daß sie die eigentliche Ursache von Mariannes Ohnmacht gewesen sei, weil sie ihr den verhängnisvollen Brief von Herrn Jansen gegeben habe, ohne die geringste Ahnung, welches Unheil sie damit anrichten würde. Marianne habe nämlich ein tiefes Interesse für Jansen und sei überzeugt gewesen, daß er es erwidere.

Onkel Heinz hatte während dieser Erzählung mehrmals mit dem Kopf geschüttelt und seine Bartspitze so zusammengedreht, daß man sie hätte durch ein Nadelöhr einfädeln können. Das war nun die zweite Liebesgeschichte an diesem Tage – zwei unglückliche Lieben!

Ruth weinte leidenschaftlich, und selbst die Trostworte von Onkel Heinz konnten sie nicht beruhigen, so sehr war sie ergriffen von dem Kummer der Schwester und voll ängstlicher Sorge über deren Zustand. In Absätzen erfuhr der Professor, daß Marianne krank im Bette liege, daß man einen Arzt habe holen müssen, der eine Nervenerschütterung festgestellt und größte Ruhe empfohlen habe.

»Wenn sie nur nicht stirbt an ihrer unglücklichen Liebe!« rief Ruth jammernd aus.

»Ach was, dummes Zeug! So etwas kommt nur in verrückten Romanen vor, aber im Leben nicht«, entgegnete Onkel Heinz.

»Sie ist aber so elend!«

»Wird sich schon wieder erholen!«

»Glaubst du wirklich?«

»Natürlich! Beruhige dich nur, alte Kröte!« redete er ihr liebevoll zu.

»Warum mußte es auch so kommen?« klagte Ruth. »Warum liebt Herr Jansen nicht Marianne statt meiner?«

Onkel Heinz zuckte die Achseln; er wußte es nicht.

»Hast du schon jemand kennengelernt, der unglücklich liebte?« fragte das junge Mädchen den alten Hagestolz in ernstem Ton.

Der Professor wandte sich ab und gab keine Antwort.

Ruth bemerkte es nicht, gedankenvoll blickte sie vor sich hin. »Hast du niemals geliebt, Onkel Heinz?« fragte sie dann wieder.

Das war eine Gewissensfrage. Er zuckte unmerklich zusammen. »Dummes Zeug! Unsinn!« sagte er dann ziemlich schroff.

»Hältst du die Liebe wirklich nur für Unsinn?« Als er nicht antwortete, fuhr sie fort: »Weißt du, Onkel Heinz, ich glaube, ich kann überhaupt nicht lieben.«

Was die Kröte da heute doch immer von Liebe schwatzt! dachte der Professor bei sich.
»Willst du wissen, was ich wohl möchte?« fragte Ruth nach einer kleinen Weile lebhaft, und ihre noch feuchten Augen blitzten auf. »Willst du es wissen? Ich möchte singen können, singen wie eine richtige Sängerin, ich möchte – eine Künstlerin werden.«
Der Professor prallte ordentlich zurück, so erregt hatte Ruth diese Worte ausgerufen.
»Weißt du denn überhaupt, du Guckindiewelt, was eine Künstlerin ist?« fragte er. Dann kam er wieder näher und sah sie scharf an mit höchst wichtiger Miene.
Sie entgegnete nichts darauf, sondern fuhr fort: »Siehst du, Onkel, hier – hier« – sie zeigte auf ihr Herz –, »da ist es oft so komisch, so – ich weiß nicht wie. Ich habe das Gefühl, als müßte etwas heraus, als müßte ich jauchzen oder weinen; ich fühle mich glücklich und unglücklich zugleich. Und wenn ich mich dann hinsetze und singe, dann wird's mir leichter, dann kommt es mir vor, als wäre ich gar nicht auf der Erde, als trügen mich Flügel empor. Dann bin ich gut, dann denke ich edel, dann – dann wird mir erst wieder wohl, ich kann dir gar nicht beschreiben, wie wohl! Und siehst du, Onkel Heinz, deshalb habe ich solche Freude an meiner Stimme, die jubelt mit mir und ist mit mir traurig.«
Der Professor hatte sich vor Ruth hingestellt und blickte sie bei jedem Worte erstaunter an. Was sprach da diese Kröte, dieses Kind! Aber er empfand doch mit einemmal, als er in die vor Begeisterung glänzenden Augen seines Lieblings sah, daß dieses Kind kein Kind mehr war, daß es eigene Anschauungen, eigene

Gedanken hatte wie ein erwachsener Mensch. Ja, ja, jetzt kam das junge Geschlecht an die Reihe! Onkel Heinz sah sich das junge Mädchen, seinen Sonnenschein, seine alte Kröte, noch immer schweigend und so prüfend an, als erblickte er sie heute zum erstenmal. So sah er sie auch wirklich zum erstenmal, so kannte er sie noch nicht: es war noch die alte Ruth und doch eine andre, nicht mehr das kleine Mädchen, das er bisher noch immer in ihr erblickt hatte, sondern ein junger Mensch, der da vor ihm stand.

»Aber Onkel Heinz, warum starrst du mich so an?«

Da erwachte er aus seinen Gedanken. »Hm!« brummte er nur und fuhr sich über seine Stoppeln. Das sollte soviel heißen wie: es ist nun einmal so.

»Onkel Heinz«, fing Ruth wieder an und schmiegte sich in zärtlicher Vertraulichkeit an ihren alten Freund, »ich habe eine große Bitte an dich, aber – du mußt mir versprechen, daß du sie mir erfüllen willst.«

»Da werde ich mich schön hüten!« warf er ein und lächelte spöttisch. »Vorher versprechen, so etwas zu verlangen, kann auch nur ein Frauenzimmer fertigbringen. – Na, dann sprich mal! Was ist es denn, was soll ich denn tun?« fragte er aber dennoch. Sie sah ihm ja so schmeichelnd in die Augen, daß er wie gewöhnlich nicht widerstehen konnte.

»Onkel Heinz«, kam es etwas zaghaft und zögernd von ihren Lippen, »wenn du doch nur einmal mit den Eltern sprechen möchtest, ob – ob sie meine Stimme nicht ausbilden lassen wollen. Du kannst das viel besser als ich, und siehst du«, fuhr sie leidenschaftlich fort, »ich möchte so gern etwas Ordentliches lernen; ich will so fleißig sein, will mir soviel Mühe geben, will ganz und gar nur der Kunst leben.«

»Das ist ja Unsinn!« sagte der Professor ausweichend, aber sie unterbrach ihn ernsthaft. »Nein, Onkel Heinz, sage das nicht! Das ist kein Unsinn, wenn ich so spreche, das ist mein heiligster Ernst. Ich bin jetzt wirklich nicht zum Scherzen aufgelegt.« Dabei fiel ihr wieder die arme kranke Schwester ein. Tränen stiegen ihr in die Augen, und das – das konnte er nun einmal nicht sehen.

»Weine doch nicht, Kröte! Daß ihr Weiber doch immer gleich flennen müßt!« sagte er etwas unmutig, streichelte dabei aber ihre dunklen Haare, die wellig gescheitelt bis tief in die Schläfen fielen und das feine, schön geschnittene Gesicht dadurch noch interessanter erscheinen ließen. »Aber das mit der Künstlerin schlage dir nur aus dem Sinn!« fuhr er fort. »Das geht nicht, das geht auf keinen Fall!«

Sie sah ihn bittend, fast flehend an: »Aber Onkel Heinz!«

»Was willst du denn überhaupt für eine Künstlerin werden? Hm?« Er sagte das sehr geringschätzig. »Da bist du denn doch wahrhaftig zu gut dazu, Kröte. Da gehörst du nicht hin, das geben die Eltern überhaupt nicht zu und ich auch nicht. Daraus wird nichts.« Er hatte sich ordentlich ereifert bei diesen Worten. »Ja, ja, wenn das alles so wäre, wie es sein sollte!« setzte er wie im Selbstgespräch fort. »Aber das ist es eben nicht; der bunte Flitterkram, das ist die Hauptsache, und die Kunst ist Nebensache. Kunst, Kunst! Davon haben die wenigsten Menschen überhaupt einen Begriff.«

Erregt schritt er auf und ab, Ruth folgte ihm und hatte schon ein paarmal versucht, ihn zu unterbrechen, ohne daß es ihr gelungen wäre. Jetzt hielt sie ihn am Arm fest. »Onkel Heinz, das alles weiß ich ja noch nicht, darüber habe ich auch noch nicht nachgedacht. Vorläufig möchte ich nur lernen, mich meinen Gesangsstudien ganz hingeben können, an nichts anderes zu denken brauchen. Siehst du, was ich jetzt lerne in den Stunden, für den Hausgebrauch, wie es heißt, das macht mir wenig Spaß, das befriedigt mich nicht, weil ich fühle, daß es nur oberflächlich und nicht das Richtige ist.«

»Das ist ja ganz vernünftig gedacht. Na, und deine Stimme ist nicht übel, das ist wahr«, sagte er einlenkend.

Diese Worte nahm sie schon für eine Zusage und fragte nun freudig und zuversichtlich: »Nicht wahr, du sprichst mit den Eltern?«

»Halt, halt! Nur sachte! Soweit sind wir noch lange nicht!« sagte er abwehrend.

»Einziger, lieber Onkel, tu es doch!« bat Ruth und hängte sich an seinen Arm.

Er entgegnete nichts, drehte aber seine Bartspitze mit großer Geschwindigkeit.

»Ach, Onkel Heinz, nun tu nur nicht so!« rief sie lächelnd und fragte dann, als ob schon alles bestimmt abgemacht wäre: »Wann willst du denn mit den Eltern sprechen?«

»Gar nicht«, erwiderte er kurz.

Ruth schien diese Antwort zu überhören und sagte weiter: »Jetzt geht es natürlich nicht, solange Marianne krank ist, aber sobald es ihr wieder bessergeht, nicht wahr, Onkel Heinz, dann tust du es?«

»Nein.«

»Bitte, bitte, sag ja!«

»Nein, nein, nein!« widersprach er heftig.

»Onkel Heinz!«

Wer hätte wohl diesem Blick der schönen dunklen Augen widerstehen können! Der Professor konnte es wenigstens nicht, trotzdem er sich unwirsch abwandte.
»Lieber Onkel Heinz!«
Er antwortete nicht.
»Lieber, guter, einziger Onkel Heinz, sag doch ja!«
Und sie quälte so lange, streichelte und liebkoste ihn dabei, bis er schließlich nachgab; er konnte der Kröte nun einmal nichts abschlagen.
»Meinetwegen denn ja! Quälgeist du!« rief er laut.
Die nächste Zeit verlief für Gontraus still und traurig. Marianne lag krank darnieder, geistig und körperlich schien sie gebrochen zu sein. Nur der unermüdlichen Pflege, der zarten Sorgfalt von Ilse gelang es, sie nach und nach wieder aufzurichten, und wenn Nellie oft innerlich gedacht hatte, daß die Freundin keine rechte Pflegerin sein könne, weil ihre Ansichten über diesen Punkt so weit auseinandergingen, so überzeugte sie sich jetzt von dem Gegenteil, als sie sah, mit welcher Aufopferung Ilse Tag und Nacht am Krankenlager ausharrte. Auch Ruth erkannte man kaum wieder, wie sie sich jetzt ebenso sanft und liebevoll gegen die Schwester zeigte, wie sie früher manchmal herrschsüchtig und aufbrausend gegen sie hatte sein können. Der Professor aber erwies sich in der schweren Zeit wieder als treuer, zuverlässiger Freund. Er kam täglich, widersprach natürlich bei allem, was der Arzt verordnete, wußte alles besser, tröstete aber Ilse, wenn sie niedergedrückt und mutlos war, und sprach mit der Kranken in seiner gewohnten Weise, so daß es ihm einzig und allein manchmal gelang, sogar ein Lächeln auf das blasse, ernste Gesicht zu zaubern.
Herr Jansen war bald nach dem Ball abgereist. Wie

Onkel Heinz Ilse und Leo erzählte, hatte er kürzlich von ihm einen Brief aus Amerika erhalten, wo er sich einige Zeit aufhalten und von wo er dann wieder nach Indien zurückkehren wollte. Sein Name wurde sonst bei Gontraus nicht genannt, weil er bei Ruth ein peinliches und bei Marianne ein schmerzliches Gefühl hervorgerufen hätte.

Als Marianne einigermaßen wiederhergestellt war, mußte Onkel Heinz sein Versprechen einlösen. Im Verein mit Ruth gelang es ihm, ihre Eltern zu bestimmen, daß sie ihre Stimme prüfen ließen, und da diese bei der Prüfung für sehr bedeutend erklärt wurde, sollte sie eine künstlerische Ausbildung erhalten. Mit Fleiß und Liebe und ganz durchdrungen von der Schwere und dem Ernst des Künstlerberufes begann Ruth ihr Studium.

Unterdessen erholte sich Marianne langsam. Körperlich war sie ganz wiederhergestellt, und auch ihr Geist fing wieder an, leise seine Schwingen zu entfalten; allmählich wurde sie wieder gesund. Aber der kindlich unbefangene Ausdruck in ihren Augen war gewichen, und ihr helles, glückliches Lachen ertönte nicht mehr so oft wie früher. Ganz tief im innersten Herzen trug sie noch immer das Bild des geliebten Mannes, in einsamen Stunden weinte sie noch manchmal, aber das Leben machte doch seine Rechte wieder geltend, und sie war glücklicherweise in dem Alter, wo sie noch vergessen konnte. Das Frühjahr verlebte sie bei ihren Freundinnen, den Zwillingen, auf dem Lande, den Sommer bei den Großeltern in Moosdorf, im Herbst aber machte sie mit den Eltern, Ruth und Onkel Heinz eine herrliche Reise nach Italien bis Sizilien hinunter.

Der Professor war ein vortrefflicher Cicerone, er kannte den Süden durch seine vielen Reisen auf das genaueste und beherrschte vollkommen die italienische Sprache, konnte deshalb auch den Freunden manchen Vorteil verschaffen. Und wenn er dann mit den beiden Kröten am Arm zuweilen auf eigene Faust losging, um ihnen die Kunstwerke der alten Meister zu zeigen – er war ein geschworener Feind der modernen Malerei, über die er mit Ilse viel und oftmals stritt –, und wenn den beiden hübschen Mädchen bewundernde Blicke nachflogen, dann zeigte sich auf seinem Gesicht ein freudiges Schmunzeln, und er erzählte es Ilse später voller Stolz.

Erst spät im Herbst, der im Norden schon mit grauen, trüben Tagen eingezogen war und die Bäume entlaubt hatte, kehrten sie heim, reich an schönen Eindrücken und Erlebnissen. Mit noch größerer Begeisterungsfähigkeit nahm Ruth ihr Studium wieder auf, Marianne aber hatte frische Kräfte gesammelt und neuen Mut mitgebracht, so daß ihr die Zukunft nicht mehr als eine trostlose Öde erschien, wie es noch vor kurzer Zeit der Fall gewesen war. Sie konnte jetzt ohne Schmerz an Herrn Jansen denken wie an einen fernen, lieben Freund.

So vergingen der Winter und der Sommer und noch ein Winter und Sommer, bis es wiederum Herbst war, ein lachender, trügerischer Herbst, der es gern vergessen ließ, daß er der Vorbote des Winters war, denn die Menschen strömten hinaus in die strahlende Natur wie an einem ersten schönen Frühlingstag nach dem langen, langen Winter.

An einem dieser sonnendurchfluteten Herbsttage machte Onkel Heinz mit seiner Freundin Ilse einen

Spaziergang hinaus in das Freie, in den bunten Wald. Die klare Luft war von weißen Fäden durchzogen, und die gelben, roten und braunen Blätter wölbten sich zum farbenprächtigen Zelt über ihnen. Noch raschelte unter ihren Tritten kein welkes Laub, nur dann und wann flatterte, durch einen Luftzug gelöst, ein Blatt vor ihre Füße. Heiter, strahlend und hoffnungsfreudig lagen Wald und Flur vor ihren Blicken ausgebreitet, als begänne erst jetzt die Zeit des Wachsens und Werdens. Aber diese Hoffnung war doch nur Täuschung. Unverschleiert war die Ferne, die sich in scharfen, bestimmten Linien abhob, und gedankenvoll schweiften Ilses Augen in die durchsichtige Weite. Aber ihr fehlte heute das rechte Interesse für den herzerquickenden Herbsttag, ihr Gesicht sah erregt aus, als beschäftige sie etwas lebhaft. »Wenn nur alles gutgeht!« sagte sie seufzend zu dem Professor.
Er lächelte mit überlegener Miene und entgegnete: »Ich habe gar keine Angst. Die Kröte hat ja tüchtig gelernt, die kann was.«
»Was gehört aber auch heutzutage dazu, etwas zu erreichen! Mit Begabung und Fleiß allein kann das nicht geschehen, das Glück muß auch mithelfen. Nun, was in meinen Kräften steht, habe ich getan, um Ruth immer und immer wieder davon zu überzeugen, mit wieviel Kämpfen und Schwierigkeiten der Beruf einer Künstlerin erkauft werden muß. Ich habe sie stets ermahnt, sich viel mehr auf Enttäuschungen gefaßt zu machen als auf Erfolge, denn guten Mut hat sie selbst genug. Nicht wahr, Onkel Heinz, für eine tüchtige Ausbildung haben wir doch auch gesorgt! Im Winter aber muß sie noch einige Zeit bei Professor B. Unterricht nehmen, um ihrer Stimme sozusagen den letzten

Schliff zu geben. Ach ja, bevor eine Sängerin fertig ist, dauert es lange!«

»Frau Gontrau, Ruth hat Begabung; die bringt es zu etwas Tüchtigem, das weiß ich«, versicherte Onkel Heinz mit wichtiger Miene, als könne daran nicht mehr gezweifelt werden, wenn er es einmal gesagt habe.

»Wäre das Konzert nur erst glücklich vorüber!« meinte Ilse und holte tief Atem.

»Wenn ich Ihnen sage, daß Sie keine Angst zu haben brauchen, so haben Sie es auch nicht nötig, liebe Frau Gontrau«, sagte Onkel Heinz und legte einen Augenblick seine Hand auf ihren Arm.

Ilse fühlte, daß er sie auf seine Art beruhigen wollte, und sah ihn dankbar an. Er war doch ein treuer, ehrlicher Freund! Je älter sie wurde, desto mehr befestigte sich in ihr die Überzeugung, daß wahre, aufrichtige Freundschaft ein köstliches, seltenes Gut ist, das man hüten muß wie einen großen Schatz. Sie hatte in ihrem Leben viel Liebe und Freundschaft erfahren und ihren Freunden viel zu verdanken. Durch das Beispiel ihrer einzigen Nellie hatte sie Selbstbeherrschung und Nachgiebigkeit gelernt. Onkel Heinz endlich hatte sie durch seine unumwundene Offenheit zwar häufig gereizt und ihren Widerspruch hervorgerufen, zugleich aber bewirkt, daß sie oft genug in sich ging, über sich nachdachte, sich selbst erzog und sich immer mehr daran gewöhnte, auf die Eigenheiten anderer Rücksicht zu nehmen; sie brauchte ja nur daran zu denken, wieviel Nachsicht man einst mit ihr hatte haben müssen, als sie noch das ungebändigte Menschenkind, der Trotzkopf, war. Alles dies ging Ilse jetzt durch den Sinn und noch viel mehr.

Der Professor aber, der sie so nachdenklich an seiner Seite schreiten sah, glaubte, daß sie sich noch immer damit beschäftigte, wie wohl das Konzert ausfallen würde, in dem Ruth heute abend zum erstenmal öffentlich in der Kirche singen sollte. Deshalb beschloß er, ein neues Gespräch anzufangen, um sie auf andere Gedanken zu bringen. Seine Bartspitze drehend, grübelte er darüber nach, auf welche Weise dies am besten geschehe, denn Diplomatie war nicht seine starke Seite. »Sagen Sie einmal, Frau Gontrau«, fing er dann plötzlich an, »bei Superintendents ist man wohl überglücklich, daß der Ausreißer wieder da ist? Ist übrigens ein prächtiger Kerl geworden, der Fritz. Er war gestern bei mir.«

»Ja«, entgegnete Ilse so recht aus tiefstem Herzensgrunde, Gott sei Dank, daß er wieder da ist! Und wie hat er sich durchgearbeitet! Von der Pike auf gedient. Und was ist aus ihm geworden! Ich habe übrigens nie daran gezweifelt, daß ein tüchtiger Kerl in ihm steckt.«

»Ja, ja, die Selfmademen, das sind die Besten«, warf Onkel Heinz ein.

»Er hat Ihnen wohl erzählt, was er alles erlebt hat, nicht wahr?« fragte Ilse.

»Jawohl, alles ganz ausführlich, und es hat mich sehr interessiert. Der Junge hat übrigens viel Glück gehabt, denn da drüben gibt's nur zweierlei: entweder man wird etwas Rechtes oder man geht zugrunde. Daß die amerikanische Familie bei der Überfahrt auf der Germania, auf der sich Fritz als Schiffsjunge verdungen hatte, sich gleich so lebhaft für ihn interessierte, ist doch ein seltener Zufall zu nennen. Na ja, aber die Amerikaner sind darin andre Leute. Die kleben nicht an Vorurteilen, sondern denken freier als wir; ich bin ja lange drüben gewesen und kenne die Verhältnisse genau. Daß der Bengel ausgekniffen war, störte die Leute gar nicht; als praktischer Geschäftsmann erkannte Mister Smith sofort, als er den aufgeweckten jungen Deutschen sah, daß er ihn in seinem Geschäft brauchen könne. Na, und da war die Sache bald abgemacht.«

»Aber ein Tollkopf scheint Fritz doch zu sein«, warf Ilse ein. »Er hatte es so gut bei den Leuten, die Frau sorgte für ihn wie eine Mutter, und bloß weil ihn die andern im Geschäft wegen seiner Aussprache des Englischen hänselten, ging er fort. Das hätte er nicht tun sollen.«

»Das mußte er wohl tun, das war ganz verständig von ihm«, widersprach Onkel Heinz. »So wird das da drüben gemacht, da kennt man keine Rührseligkeiten. Er handelte ganz richtig, daß er weiter nach dem Westen ging, wo man noch leichter zu etwas kommen kann. Du lieber Gott, schlechte Zeiten muß der Selfmademan auch mit in den Kauf nehmen! Das gehört dazu.«

»Er muß jetzt als Prokurist in dem großen Bankhaus in San Franzisko eine großartige Stellung haben; Rosi erzählte mir strahlend davon«, meinte Ilse.

»Natürlich, jetzt ist er der gemachte Mann. Jedenfalls ist er ganz anders geworden, als wenn er in dem Pastorenhaus unter den spießbürgerlichen Ansichten seiner Mutter weiter herangewachsen wäre«, gab Onkel Heinz zur Antwort.

»Aber daß er seinen Eltern nicht einmal Nachricht gab all die Jahre hindurch!« wandte Ilse vorwurfsvoll ein.

»Da hatte er ganz recht«, unterbrach sie der Professor

von neuem; »er wollte erst etwas Ordentliches werden. Für Ihre Freundin Rosi war diese Sorge sehr heilsam; sie hat den Jungen ganz verrückt erzogen. Der hätte ganz anders behandelt werden müssen.«

»Sie ist hart genug bestraft worden und hat schwer dafür büßen müssen; für die ganze Familie waren es schreckliche Jahre«, erwiderte Ilse.

»Ja, ja, das ist wahr, der Mann hat mir auch sehr leid getan. Ich mag ihn gern leiden, nur müßte er eine andere Frau haben, denn er ist schwach – wie überhaupt alle verheirateten Männer. Gott sei Dank, daß mich der Himmel vor einer Frau bewahrt hat!« neckte Onkel Heinz seine alte Freundin.

»Oho, Fuchs! Die Trauben sind sauer, nicht wahr, Onkel Heinz?« rief Ilse lachend.

Er erwiderte nichts, aber der sarkastische Zug um seinen Mund bewies, wie er darüber dachte.

»Sind Sie nun ruhiger?« fragte der Professor nach einer kleinen Pause, während sie den Heimweg antraten, und als Ilse nickte, fuhr er fort: »Na, sehen Sie wohl, wie gut es war, daß ich Sie abholte! Ich weiß doch auch ganz genau, was für Sie das Richtige ist. Ein Spaziergang in der frischen Herbstluft ist für erregte Gemüter jedenfalls viel besser als Ihr altes Zukkerwasser. Verschonen Sie nur Ruth mit dergleichen Geschichten!«

»Aber das war doch kein Zuckerwasser«, berichtigte sie lachend, »das war ja Bromkali!«

»Weiß schon, weiß schon«, unterbrach er sie schnell. »Ich kenne das Zeugs alles ganz genau; es hilft auch nicht mehr als Brauselimonade oder Zuckerwasser. Verschonen Sie nur Ruth mit dergleichen Geschichten! Das kann ihr eher schaden als nützen.«

»Oh, die ist lange nicht so aufgeregt wie ich!« sagte Ilse. »Bei der ist es nur die Freude, die sie unruhig macht. Kommen Sie mit herein?« fragte sie dann den Professor, denn sie waren in diesem Augenblick vor ihrem Haus angelangt.

Er gab zur Antwort, daß er lieber heimgehen und sie dann später in der Kirche treffen wolle; seine Kröte könne er ja jetzt doch nicht sprechen, die müsse Ruhe haben.

Onkel Heinz ging aber nicht nach Hause, denn als er die Uhr herauszog, bemerkte er, daß bis zum Anfang des Konzerts nur noch wenig Zeit übrig war. Er überlegte deshalb, daß es sich gar nicht lohne, vorher noch seine Wohnung aufzusuchen. Da fiel ihm dann auch ein, daß es wohl besser wäre, wenn er noch einmal bei dem Blumenladen vorbeiginge, wo er für Ruth einen Blumenkorb bestellt hatte, und nachfrage, ob alles in Ordnung sei.

Die Verkäuferin hatte sich schon am Morgen über den »wunderlichen alten Herrn« lustig gemacht, der in umständlicher Weise seine Bestellung aufgegeben und ganz genau bestimmt hatte, in welcher Art die Blumen geordnet werden sollten. Alle Vorschläge, die sie machte, wurden von ihm verworfen und geschmacklos gefunden. Er suchte selbst die Blumen aus und gab an, so und so solle die Farbenzusammenstellung werden und nicht ein Tüpfelchen anders. Am Mittag war er wiedergekommen, hatte sich den fertigen Korb angesehen und ein Etui hineingesteckt, das eine kleine Brosche aus Türkisen und Brillanten enthielt, die er seiner Kröte zum heutigen wichtigen Tage schenken wollte. Aber trotzdem der Blumenkorb ganz genau nach seiner Angabe gemacht worden war, hatte er doch daran zu mäkeln und zog hier noch eine Blüte, dort noch ein Blatt heraus, die nach seiner Meinung in die Farbenharmonie nicht paßten. Wer wohl diese schöne Gabe bekam, die dem alten Herrn soviel Kopfzerbrechen macht.

Das hätte das junge Mädchen in dem Laden gar zu gerne gewußt, denn eine Frau besaß er nicht, das hatte ihr kundiger Blick auch gleich erkannt. Und für einen Bräutigam war er doch zu alt. Als der Professor jetzt wieder erschien – zum drittenmal an diesem Tage –, da mußte sie unwillkürlich lachen. Sie gab ihm aber auf seine bis ins kleinste gehenden Fragen, ob die Bestellung auch richtig und pünktlich besorgt sei, geduldig Antwort.

Nachdem der Professor den Laden verlassen hatte, ging er langsamen Schrittes die Straße entlang, die nach der Magdalenenkirche führte, in der das Konzert stattfinden sollte. Hier und da blieb er stehen und sah sich die Schaufenster an. Er hatte ja keine rechte Ruhe. Das erste Auftreten seines Patenkindes ging ihm sehr im Kopf herum, denn es war doch keine Kleinigkeit und wichtig für ihr ganzes Leben. Als er den hohen gotischen Bau erreicht hatte, sah er die bunten Glasfenster schon erleuchtet, und über die breite Treppe, die zum Eingang führte, schritten viele Leute hinauf. Er blickte ihnen nach, bis sie durch die große Tür verschwunden waren, ging dann noch ein Weilchen auf und ab und trat dann gleichfalls durch das weit geöffnete Portal.

Der mächtige Raum war mit Menschen bereits dicht gefüllt. Die flackernden Lichter warfen einen matten Schein auf die unruhige Menge und streiften mit ihren Strahlen die grauen Pfeiler und Säulen und die dunkle

Holztäfelung der Kirchenstühle. Onkel Heinz hatte beim Eintreten seinen Hut abgenommen und betrachtete mit Wohlgefallen das malerische Bild des Ganzen. Unten im Schiff sah er Gontraus sitzen, Althoffs mit Ännchen, Flora mit den kräftigen Zwillingen, Rosi nebst Familie. Und wer saß da neben Marianne? Ein junger, blonder Mann, bartlos, mit scharfgeschnittenem Gesicht und kecken, blauen Augen. Es war Fritz. Lebhaft sprach er mit Marianne, seiner Jugendgespielin, und bewundernd hingen seine Blicke oft an der reizenden Mädchengestalt neben ihm, während auch sie ihn manchmal verstohlen von der Seite anblickte; er gefiel ihr gut mit seinem frischen, offenen Wesen.

Der Professor fand, daß Ilse heute einen Schein blasser aussah, als er sich jetzt an ihrer Seite niederließ, trotzdem sie ihre Aufregung zu verbergen suchte. Auch Leo war still und in sich gekehrt, und auf die Scherze, mit denen Onkel Heinz den Freunden etwas über ihre Stimmung hinwegzuhelfen hoffte, gingen sie nicht ein.

Oben auf dem Chor sah man die Köpfe der Mitwirkenden wie Silhouetten sich eifrig hin und her bewegen, während die Instrumente gestimmt wurden. Der Professor blickte, solange nur die Orgel und das Orchester spielten, ohne besonderes Interesse vor sich hin. Das herrliche Werk, »Die Schöpfung« von Haydn, wußte er nicht zu würdigen, denn er war gänzlich unmusikalisch, und nur Gesang konnte ihn erfreuen. Aufmerksamer hörte er schon zu, als die Chöre gesungen wurden. Sobald aber Ruth da oben erschien, fing er an, seine Bartspitze zu drehen, und während er gespannt hinhorchte, waren seine Augen unverwandt auf sie gerichtet. Im Anfang verriet ein

leises Beben der Stimme die Befangenheit der jungen Sängerin, zaghaft und scheu glitten die Töne über ihre Lippen; aber nur eine kurze Zeit, dann wurden sie in reinen, mächtigen Schwingungen durch den Raum getragen und fanden in den Herzen der Zuhörer einen lebhaften Widerhall. Als sie geendet hatte, ging ein Murmeln durch die Reihen; fast einstimmig war das Lob über die herrliche Stimme, deren jugendlicher Schmelz, Kraft und Weichheit besonders hervorgehoben wurden. Nur die Heiligkeit des Ortes verhinderte, daß sich die Hände zu begeistertem Beifall rührten.
Leo hielt Ilses Hand in der seinen, Onkel Heinz aber blickte sie voll triumphierender Freude an und flüsterte ihr zu: »Sehen Sie wohl, daß Sie keine Angst zu haben brauchten! Hatte ich nicht recht?«
Ilse lächelte wie verklärt, sagte aber nichts, denn in diesem Augenblick trat Ruth wieder hervor und sang die schöne Arie »Nun beut die Flur«. Andächtig lauschte die Menge, nur das leise Rascheln der Programme oder ein kurzes, unterdrücktes Hüsteln unterbrach manchmal die fast lautlose Stille. Freudestrahlend saß jetzt Ilse da. Ihre Angst schwand mit jeder Minute mehr, und an deren Stelle trat die frohe Zuversicht, daß ihr Kind etwas Bedeutendes leisten könne und würde. Aber trotzdem vergaß sie nicht, scharf aufzupassen, wie sie sich fest vorgenommen hatte. Nur keine Halbheit, immer nach dem Vollkommensten streben, niemals zufrieden mit sich sein, das war es, was sie Ruth immer und immer wieder vorhielt und einprägte.
Als das Konzert sein Ende erreicht hatte, entstand eine förmliche Aufregung im Publikum, und der Andrang zu Gontraus war groß. Freunde und Bekannte,

selbst Fremde traten heran, um ihnen zu dem ersten großen Erfolg ihrer Tochter Glück zu wünschen.
Der Professor war dem Gewühl entflohen und hatte sich in eine Ecke geflüchtet, um da zu warten, bis sich die Menge verlaufen hatte, welche die Treppe von den Emporen herunterkam. Neugierig spähte er, ob er nicht Ruths Köpfchen dazwischen entdecken könne, aber lauter fremde Gesichter gingen an ihm vorbei. Nach und nach hörte das Gedränge etwas auf, er kroch aus seiner Ecke hervor und wagte sich nun nahe an die Treppe heran, um sie besser übersehen zu können und Ruth ja nicht zu verfehlen. Jetzt kamen die Mitwirkenden, unter ihnen die sehnsüchtig Erwartete, mit erhitzten Wangen und glänzenden Augen. Leichtfüßig hüpfte sie herunter, und als sie Onkel Heinz gewahr wurde, sprang sie behende die letzten Stufen herab und gerade in seine Arme. Sie jubelte, lachte und weinte in einem Atem, und er klopfte und streichelte sie fortwährend: sprechen konnte er nicht viel, nur die Worte: »Gute alte Kröte!« wiederholte er immer wieder, und eine rührende väterliche Liebe klang aus ihnen hervor. Innig hielt der grauköpfige Hagestolz das junge blühende Mädchen umschlossen. Aber dann machte sie sich los und eilte zu den Eltern. In den Augen Ilses schimmerte es feucht, voll stolzer Freude hielt sie das geliebte Kind lange in den Armen. Auch Leo küßte sie, und Marianne, Nellie, Flora, die Zwillinge, alle die guten Freunde bildeten einen Kreis um die junge Sängerin, jeder wollte sie zuerst beglückwünschen, ihr zuerst die Hand drücken. Nellie war ganz gerührt, und Flora erinnerte daran, daß sie es gewesen war, die Ruth einst eine große Zukunft prophezeit hatte. Darauf war sie sehr stolz.

Auch Rosi und ihr Mann sagten der jungen Künstlerin viele lobende Worte. Die letzten Jahre waren an der Frau Pastor nicht wirkungslos vorübergegangen. Kummer und Sorgen hatten ihre Spuren in ihrem Gesicht zurückgelassen, und der glatte, blonde Scheitel war grau geworden. Aber als sie jetzt Fritz ansah, der neben Marianne stand, da leuchtete es in ihren Augen doch freudig auf, und unwillkürlich ergriff sie seine Hand.

»Was für ein schönes Paar! Sieh nur, Fred!« sagte Nellie zu ihrem Mann, als die beiden blonden Gestalten so nebeneinander standen.

Direktor Althoff war aber von seiner Pflegetochter ganz in Anspruch genommen, die er am Arm hatte und mit der er sich munter herumneckte. Er sah frisch und gesund aus, ebenso wie auch Nellie. Der wehmütige Zug, der ihr in früheren Jahren einen leicht leidenden Ausdruck gegeben hatte, war ganz geschwunden. Wie hatte sich das Leben für die beiden Ehegatten doch anders gestaltet, seitdem das junge Wesen ihr Haus erhellte!

Ilse und Leo wanderten den langen Gang, der in der Mitte durch das Schiff der Kirche lief, auf und ab. Er hatte seinen Arm um ihre Taille gelegt, und sie sprachen eifrig miteinander. Was sich die beiden alles zu sagen hatten, wissen wir nicht, aber viel Liebes und Schönes mußte es wohl sein, denn sie sahen froh und glücklich aus.

Während diese Stimmungen noch die Gemüter in der verschiedensten Weise beherrschten, hörte man plötzlich das absichtlich laute und auffällige Klappern eines Schlüsselbundes, und mit harten Schritten ging der Kastellan über die Steinfliesen, um die Lichter auszu-

drehen, und gab damit zu verstehen, daß es jetzt an der Zeit sei, heimzugehen.
Der Abend war mild und warm, als Gontraus mit den Freunden aus der Kirche ins Freie traten. Das Leben und Treiben auf den Straßen war wie an einem schönen Sommerabend, niemand schien im Hause bleiben zu wollen. Plaudernd und lachend schritt das junge Volk voran, in ihrer Mitte Ruth, die Gefeierte. Bedächtig gingen die Alten hinterher.
»Ja, ja, aus Kindern werden Leute!« sagte Ilse zu dem Professor, indem sie auf die Jugend vor ihnen zeigte, und wehmütig fügte sie mit einem Blick auf Ruth und Marianne hinzu: »Wie lange wird's dauern, und eines Tages fliegen beide aus dem Nest!«
»Über so etwas muß man eben nicht rührselig denken«, erwiderte Onkel Heinz, aber in seinem Innern hatte doch auch er ein sehr unangenehmes Gefühl, wenn er daran dachte, seine beiden Kröten einmal hergeben zu müssen.
»Onkel Heinz, was fangen wir denn an, wenn wir einst allein sein werden?« fragte Ilse den alten Freund, schmerzlich bewegt von solchen Gedanken.
»Ja, was fangen wir an?« wiederholte er und sah sie forschend an. Auf einmal flog ein spöttisches Lächeln über sein Gesicht, und er sagte: »Dann schreiben Sie doch Ihre Memoiren nieder, Frau Gontrau!« Es war natürlich nur ein Scherz, womit er sie und sich über die Stimmung hinwegbringen wollte, die etwas rührselig zu werden drohte, und das liebte er nicht.
Ilse ging aber wider Erwarten ganz ernsthaft auf seinen Vorschlag ein. »Spotten Sie nur nicht, Onkel Heinz!« rief sie. »Vielleicht tue ich das wirklich einmal. Ja, ja, sehen Sie mich nur nicht so erstaunt an! Sie

haben mich da auf einen guten Gedanken gebracht. Und Sie kommen auch mit vor in meiner Lebensgeschichte, sollen sogar eine Hauptrolle darin spielen, Onkel Heinz.«

»Na, das wird was Schönes werden!« gab der Professor zur Antwort. »Eine schreibende Frau? Brr!«

»Onkel Heinz, sagen Sie das nicht! Denken Sie doch, wie interessant es für Sie sein wird, wenn Sie bei dieser Gelegenheit erfahren, wie ich einst war, eigensinnig, unbeugsam, wild und unbändig, ein recht böser Trotzkopf, und was ich dann alles leiden und ertragen mußte, und wie ich geheilt wurde durch alle meine Lieben und Freunde, durch Leo, durch Nellie und auch durch Sie, Onkel Heinz!«

»Durch mich?« fragte er, Ilse ungläubig ansehend.

»Ja, auch durch Sie, Onkel Heinz, glauben Sie es mir nur!« gab sie mit ernstem Gesicht zur Antwort, und der dankbare Blick, der ihn traf, bewies ihm, daß sie die volle Wahrheit gesprochen hatte.